嫌な女を語る素敵な言葉

岩井志麻子

祥伝社文庫

目次

嫌な女を語る素敵な言葉

＊

「二人で食べていて、一人が死んでもわからない」

お隣の国では、ものすごくおいしいというのを表すのに、そんな言い方をするんですってね。これを聞いた時は、笑いましたけど。ええ、たいていの人にこの譬《たと》えを教えてあげると、私と同じ感想を持つみたいですわね。

すごくおいしいっていう気持ち。その感じがよく出ているでしょう。場面を想像してみると滑稽《こっけい》なんだけど……怖《こわ》くもある。

以前は私、お隣の国のことをテレビや雑誌で見たり聞いたりするたびに、その譬え話を思い出していたんですけど。今は……。

朱実《あけみ》ちゃんと真佐子《まさこ》ちゃんの話を聞かれると、思い出すようになりました。

――二人と知り合ったのは、十年近く前でした。当時二人は同じ短大に通っていたんですよね。入学してすぐに仲良くなったということで、うちの店にも一緒に面接に来たと記憶しております。

うちは化粧品店なんですが、エステサロンや美容室も併設していまして。特に上手《うま》いスタッフはテレビ局などにも派遣して、アナウンサーやタレントの方々のメイクもさせてもらったりしているんですよ。そこそこ、地元では知られていると思います。

最初に二人を見た時は、朱実ちゃんはミーハーにテレビ局なんかに行きたくて、真佐子ちゃんは堅実に手に職をつけたい性格なんだろうな、と思いました。私だけでなく、他のスタッフみんなもです。

けれど。意外に堅実な現実を思い描いているのが朱実ちゃんで、真佐子ちゃんの方が夢見がちだったんですよね。今回のことも、そういう意外な……つまり、見た目とは違う心情が引き起こしたんじゃないでしょうか。

やっぱりみんな、最初から首を傾《かし》げましたもの。

「なんであの二人が仲良しなんだろうなあ」

って。だってほら、はっきりいうのは気の毒ですが、あまりにも容姿に差がありすぎましたものね。朱実ちゃんは、当時すごく人気があったナントカっていうグラビアアイドルにそっくりだ、と評判でした。おっぱいのすごく大きい、それでいて顔は子供みたいなあの子。今はあまり見かけないけど、ともかくおっぱい以外はそっくりだっていわれてて、わざわざそれで朱実ちゃんを見に来る人もいましたから。朱実ちゃんも、

「はいはい、この小っちゃな胸を見たら偽者だってわかるでしょ。街なかで声かけられて

も、みんな胸を見て『なあんだ人違いか』って逃げてくんですから。失礼しちゃう」

　笑って、そんなふうに答えてました。きれいな人、容姿に自信のある人は、余裕を持って自《みずか》らを笑うこともできるんですよね。

　対する真佐子ちゃんは、ほら、もうみんな忘れかけてるけどあの頃、インチキな新興宗教の女教祖がいたじゃないですか。有名な歌手からお金を騙《だま》し取ったりしてた。ヘンテコな施設だか教会だかで、ミイラ化して死んでた信者もいたでしょう。

　象みたいに肥《ふと》って、ヘンなズダ袋みたいな服着てたの、覚えてませんか。インチキ宗教より、一時は彼女の容姿が、その、ブスの代名詞になるくらい有名になりましたよね。あの人にそっくりなんです。もう、顔も体型も何もかも。声まで似てたんですよ。

　あまりにもそっくりで、かえって誰も口にできなくなったほどです。もちろん陰《かげ》ではいってましたが、誰一人として、本人にはいえなかった。あの頃はみんな真佐子ちゃんを、とてもおとなしい内気な子と信じてましたから。

　ええ。私は何が信じられないって、事件そのものよりも真佐子ちゃんが、

「図々《ずうずう》しい性格、強引で強気でハッタリとホラの多い仕事振り、あの容姿でいつも男を追い回していた」

　そんなふうに、噂《うわさ》される人になっていたことです。

私の知っている真佐子ちゃんは、いつもうつむきがちで口数の少ない、人の目を真っ直《す》ぐ見られないほど気弱な子だったんですから。悪くいえば、おどおどして暗い子でした。朱実ちゃんはあの頃から明朗な、いってみればごく普通のいい子でしたね。えっ、違うんですか？　ごく普通のいい子じゃなかったんですか？

まあ、そのあたりのことは、私にはもうわからなくなってしまった、と申し上げるしかありませんね。ともあれ、今も昔もあの二人が仲良し、いえ、仲良しだったというのは周《まわ》りに不思議がられていますよね。容姿の比較は可哀想《かわいそう》ですが、仕方ないでしょう。

私が二人について強く印象に残っているのは、採用した翌日に、ちょっと届け物を持ってZさんの所に行かせた時のことです。

ご存じのようにZさんは、メイクアップアーティストとしては有名な方です。あの頃から、腕もさることながらタレント顔負けの容姿でも人気があって、実際にタレントみたいに雑誌やTVにも出ておられましたよね。

それでもZさんは、ヘンな勘違いをなさる人じゃなくて。あの頃はまだ独身で若かったけど、女の人との派手な噂もなかったですし。今も奥様一筋みたいですよ。

つまり、容姿で女の人をあからさまに差別や区別する人じゃなかったんです。それに職業柄《がら》、美人は見慣れてますもの。朱実ちゃんが美人であって、真佐子ちゃんが不美人だったからって、そんなの関係なかったはずです。

デートの相手や交際相手を選ぶんじゃありませんもの。あくまでも、仕事上の相手に容姿で差をつけたりするはずないじゃありませんか。

なのに。二人そろって帰ってきたら、朱実ちゃんはにこにこして、

「Zさんてほんとに素敵な方ですね。格好《かっこう》いいし、気さくだし。すっかりファンになっちゃいました」

なんて、上気してました。ところが真佐子ちゃんは、

「あんなつまんない、薄っぺらい男っ」

いきなり、吐《は》き捨てるようにいったんです。

普段はおとなしいだけに、びっくりしました。続けて真佐子ちゃんは、強く罵《ののし》りました。

「朱実って本当に、男を見る目がない。あのZって、ほんのちょっぴりの成功でいい気になって、小物としかいいようがない。顔だって、本人が思ってるほど良くないし。なのに朱実がポーッとなってご機嫌取るようなことばっかいうから、あの男もますますヘンな勘違いをするんじゃないっ」

繰《く》り返しますが、Zさんは何より仕事が大事な人だし、美人は見慣れてるんですよ。真

佐子ちゃんと朱実ちゃんに、あからさまに差をつけて接したはずはないです。朱実ちゃんもきょとんとしてましたしね。なにをそんな興奮してるのって。

でも私は、なんとなくわかったんです。Zさんやっぱり、差をつけたんでしょうねえ、って。本人も、無意識にですよ。

Zさんは椅子《いす》を並べた二人を前にしたとしたら、ちょうど二人の真ん中に自分の膝《ひざ》が向くように座ったでしょう。どちらか一方にだけ対応しているんじゃない、どちらか一方を無視しているんじゃない、という気持ちを表すために。

けれど無意識に、膝は朱実ちゃんの方を向いていた。

そういうのって、ほら、膝を向けられている方は気づかないもんなんですよ。でも、向けられていない方は敏感に気づく。

それに朱実ちゃんはもともと、男というものはみんな親切で愛想《あいそ》が良くて優しいと思い込んできた歴史、みたいなのがあるでしょう。

でも真佐子ちゃんは、物心つく頃から、男というものは残酷で身勝手で冷たいものだと、身にしみていた。

おんなじ風景なのに、見る人によって違って見えるんですよ。私も今でこそ、若作りと職業柄の化粧で化《ば》けてますけど、昔は男に無視される方、けっこう残酷に膝を向けられない側でしたから、真佐子ちゃんの心は多少はわかるつもりです。

だからきっと、真佐子ちゃんと朱実ちゃんが見ていた風景だけじゃなく、あなたと私が見ているものも違うはずですよ。

でもねえ。真佐子ちゃんがすごいなあと、皮肉ではなく感心するのは。

普通、自分は容姿が悪くてモテないと気づいたら、現実を受け入れるもんじゃないですか。

モテたいけどモテないとわかったなら、前向きな人は容姿以外の魅力で頑張《がんば》ろうとするし、やや後ろ向きな人は、高望みはせずに自分に見合った男を求める。まれに、自分は美人でモテると勘違いしてヘンになる人もいますが、これはこれで幸せですよね。

真佐子ちゃんの場合は、すごい発想の転換、ですね。自分で自分をねじ伏せたというのかしら。自分は男を好きでも男には好かれない。これを、こう書き換えたんでしょう。

「自分は男嫌いなんだ。自分から男を寄せ付けないんだ」

その考えは、自分を守るものとして得たものなんでしょうね。あの頃の真佐子ちゃんはまだ、守る方に一生懸命で、攻める方ではありませんでした。

ちょっとヤクザっぽいノリというか、ここだけの話、実際に組関係に知人も友達も多い大物俳優さんが口癖にしてたんだけど。

「バカじゃ、なれず。りこうじゃ、なれず。中途半端じゃなお、なれず」

つまり一人前のヤクザさんになるのはこんなに難しいってことだって。なんか今回の事件を聞いた時に、真っ先に思い出した言葉なんだよなあ。ヤクザじゃなくて、もっと別物になれない、って話になるんだろうけどね。

＊

俺、その渡辺《わたなべ》朱実ってのは知らないんだけど、脇田《わきた》真佐子の方は四、五年前くらいから知ってるよ。当時から胡散《うさん》くさい女だなあとは思ってたね。でも、話はおもしろいし、ハッタリが大半としても仕事もなかなかできるみたいだし。

芸能プロの女社長って触《ふ》れ込みで、うちの局に出入りするようになったみたい。要は業界ゴロね。エキストラに毛が生えた程度の女の子ばっか、つかってた。いっときはCMで人気の出た子も所属させてたかな。売れた途端《とたん》、逃げられてたけど。

あの人とにかく声がでかい、態度がでかい、ついでに顔も体もでかいじゃない。みんな、呑《の》まれてしまうんだ。

ヘンな新興宗教の女教祖に姿形が似てるっていうのは、外見だけじゃなく中身もだったよなあ。最初のうちは、けっこうな人が洗脳っていうのかマインドコントロールっていうのか、

「この人すごい。ついていこう」

という気にさせられてたんだよ。ちょっと名前は出せないけど、ある大物の女優さんや有名な歌手も、心酔していた時期があった。

彼女がマネジメントしてる女の子達も、頼ってたよ。なんていうかな、あの容姿って逆に武器で強味ね。特にこういう仕事に関係してる女って、自意識の塊《かたまり》でナルシシズムの鬼だもん。自分以外のすべての女が比較対象だろ。その点、まったく敵にならない脇田真佐子はある意味、気を許せる女だよ。

脇田真佐子も、役回りがよくわかってるふうだったよ。いわゆる汚れ役、三枚目役を率《そっ》先《せん》してやってみんなを笑わせてた。だからみんな、ああこの人は自分がブスだデブだって自覚してんだな、と思うじゃない。

ところが……ちょっと違ってた。なんか、これすごく印象に残ってるんだけど。うちのADに、ちょっとカッコイイ男の子いるの。タレントになれるほどのレベルじゃないけ

ど、あのADくん可愛《かわい》いねって、タレントさんにもちょい人気あるほどの。

でもそいつ、悪気はないんだけどその場のノリで軽い嘘ついたり、おおげさに話膨《ふく》らませたりって、よくあったんだ。

なんかの打ち合わせの時に、自分はナントカって作家の本が好きだとかいった訳《わけ》。嘘、ホラだよ。そいつ本なんか絶対に読まないもん。

ところがたまたま、そこに脇田真佐子がいて。

「その作家は私、親しいんですっ。サイン本もらってきてあげますよ」

とかいいだした。で、翌日さっそくやってきたの。一応はタレントのマネージャーとして付き添いという名目でね。

でもその日はたまたま、例のADくん休んでたか、他のロケに出てたんだよな。それで俺がその本お預かりしましょう、っていったの。

そしたら彼女、慌《あわ》てて本を引っ込めて、激しく首を振ってわめいたんだ。

「いいえっ、私が直接渡します！」

で、何日かしてやってきて、ADくんに手渡したらしいわ。あいつもまあ、適当に礼いって受け取ったんだろうね。それからどれくらい経《た》ったかなあ。一、二ヶ月は過ぎてたかな。ADくんが少し困った顔で、俺んとこにやってきた。

「もらったまんま、本を置きっぱなしにしてて。何気《なにげ》なくさっき開いてみたら、手紙が入ってたんです。びっくりしました。はあ、脇田真佐子さんからなんですけど。『今度、お食事しましょう』ってありました」

「へえ、直接いえばいいのにな」

「でも僕、あんまり脇田さん知らないし……。それに、本を何ヶ月も放ってたのがわかったら気を悪くされますよね。どうしよう」

「ああ、じゃあ俺からいっといてやる」

って、軽く請《う》け合った。何日かしてたまたまやってきた彼女に、

「あいつ、すまなかったといってましたよ。ったく、本当は本なんか読まない癖《くせ》にかっこつけるから。それからあいつはしばらく海外ロケについていくんで、すぐにあなたと食事とかできないそうです」

って伝言伝えたら、ものすごく慌てふためいて。いつもの偉そうさはどこへやら。

「あっ、あっ、あれはですねっ、知り合いに、テレビ局に就職したい子がいて。あの彼なんか、気楽に会うのにはいいかなと思っただけです。それだけですっ」

真っ赤になって取り繕《つくろ》うんだよ。そりゃもう、アワアワッて漫画みたいに。

そりゃ、ヘンだとは感じたよ。テレビ局の人であれば誰でもいいんなら、わざわざ彼で

なくても俺でもいい訳だし。あ、こりゃ就職したい子ってのは作り話で、脇田真佐子が彼に会いたいんだとピンときた。

でもさ、それがそんな『地雷』とまでは思わないだろ。

何かで彼女と俺と、あと何人か。そのＡＤくんはいなかったな。とにかく一階の喫茶店でお茶してた時、誰かが何気なくいったんだ。

「脇田さんのタイプってあのＡＤくんでしょ」

そしたらさ、彼女、いきなり大激怒。大激昂《げっこう》。ガーンッてテーブル蹴飛ばす勢いで立ち上がって、仁王《におう》立ちして。

「違いますっ。なんで私があんなものがタイプなんですかっ」

ほとんど、怒鳴《どな》り散らすんだよ。もう、みんなあっけに取られてた。なんでそんなんで怒るのか、まったくわからなかったもん。

でも。今回の事件で、真っ先にあれを思い出したんだよね。

脇田真佐子、自分がヒロインやアイドルをできないと知った日から、豪快キャラを演じることにしたんだろ。本来の彼女は、小心者でいじけている。でも、あの容姿で小心者でいじけてちゃあ、浮上の方法がまるっきりないもんな。

だから、女傑キャラを作った。豪快なおもしろい有能な女社長キャラクター、の縫いぐるみをかぶって生きることにしたんだな。縫いぐるみの背中にはチャックがついてんだけど、それは見て見ぬふりをしてやるのが、礼儀ってもんだろ。

「私は男には積極的っすから。でもって、別れる時も絶対にこっちから捨てます。ああ、性的にはすごいオープンっすよ、あたし。テクもすごいあるし」

ところが調子に乗って、聞かれもしないのに場も空気もわきまえず、そんなことばっかりべらべらべら、しゃべってさあ。周りは引いてる、困惑してるのにお構いなしで。いえばいうほど、実は男経験がないっていうの、わかるのに。

でもさ。あそこまでブスデブだと、かえって突っ込めなくなるもんだよね。小さい子供が、「僕大きくなったらウルトラマンになるんだ」っていってても、普通の大人は「そんなものになれるか」とは否定しないようなもん。

だからADくんの一件は、彼女的には「自分のキャラと違うから」許しがたいもんだったんだろ。自分はあっけらかんと男をあしらう女でなきゃならなかったんだ。

そこそこ片思いして、裏工作めいたこととして、あっさりふられる。しかもそれを、みんなに知られる。こんなの、自分とは違う自分だから絶対に受け入れられない。

でも、それこそが脇田真佐子なんだよな。だからこそ、正体を暴かれつつある日々にケリもつけたかったんじゃないの。

思えばあの女、ダメなヤクザみたいだったな。さっきいった、あの言葉。あれ思い出すよ。バカじゃ、なれず、りこうじゃ、なれず、中途半端じゃ……ってやつ。

それと。その朱実とかいう女は、実は最初から脇田真佐子の正体を見抜いていたんじゃないかという気がしてならないね。

もう、確かめようがないけど——。

＊

好きなレゲエの歌手が歌ってたの。人は自ら相応《ふさわ》しいものを得る、って。嬉《うれ》しい時もつらい時も、これ口ずさんじゃう。

今回の話は……嬉しいもつらいもないね。ただただもう、後味悪い。

でもなんとなく、この歌を口ずさみたくなる話。大好きな歌手の歌を、大事なあたしの歌を、こんな時に歌いたくないのに。

ねえ。心が黒い人と心がない人、どっちが悪いのかな。

たとえば相手が憎くて憎くてたまらなくて、どんな手をつかっても陥《おとしい》れてやろうと画策したり、ひどく恨《うら》み続けてでも、その場でカッとなってでもいい、とにかく相手への感情をコントロールできなくなって、残酷な殺し方をする人と。

「邪魔だから殺しちゃった」「バレると面倒だから、消えてもらった」みたいに、あっさりと他人を虫けら扱いする人と。

あたしは、後者の方が怖い――。

なんかほら、朱実ってまるですごくいい人みたいに報道されてるじゃないですか。まあこんなことになったら、当然といえば当然だけど。

誰からも好かれる可愛《かわい》い人だった、美人で評判、学生時代からモテモテだったのに女友達もたくさんいた、バイト先でも就職先でもみんなに愛されて人気者だった、仕事振りも真面目で信頼されていた……とか。

もちろんそれらが、まったく嘘だったなんていうつもりはないですよ。事実、朱実ちゃん可愛くてモテたし、女相手にもそつがないっていうか、可愛がられる術《すべ》を心得てましたもん。天然でね。

二人が親友になったっていう短大は、あたしは知りません。朱実とは、ゴルフ教室で会ったの。その頃朱実はちょっと有名な商社に勤めてて。それで仲良しになって、朱実の部屋に出入りするようになった。問題の男とも、その部屋で会ったはず。

まあ、あたしのタイプじゃないっていうのもあるけど、そんな「取り合い」をされるほどの男じゃないですよ。どちらかというと、冴《さ》えない方じゃないの。出ている大学と勤め先はよかったみたいだけど。

脇田真佐子ってのとも、朱実の部屋で会ったな。まあ、身も蓋《ふた》もない言い方だけど、第一印象はブスのデブ。しかも図々しい。

でも、図々しいのは朱実の方だったんだから驚き。その男はてっきり、朱実のカレシだと思ってたもん。普通、思いますよね。

ところがその男、脇田真佐子のカレシだったんだもの。なんでも卒業後にちょっと勤めた会社で知り合って、交際が始まったとか。

カレシが面食いじゃなかった、といったらずいぶんな言い方だけど、すべての男が細身の美人でなきゃ嫌だとなったら、人類は滅びちゃうよね。そういうあたしも面食いじゃないし、もさっと大きい熊さん系が好きっていうのもあるから、まあ彼が脇田真佐子と交際してたっていうのが、とんでもない異常な話とはいわない。

そこそこ、ラブラブの仲だったらしいじゃないですか。それを朱実が盗《と》っちゃった。

最初に彼に会わせてくれた時も、朱実はけろっとしてましたよ。

「実は略奪愛なんだよね。今度会わせるけど、学生時代から仲良しの真佐子って子のカレシなんだ。真佐子の前ではとぼけててよね」

紹介された彼も、にやにやしてるだけ。よーく目を凝《こ》らして観察したら、ああ、美男といえなくもないかって感じかな。ぱっと見は冴えないですよ。地味。繰り返すけど、何があっても女二人に取り合われるような男じゃないんだって。

ま、あたしも一応は大人《おとな》だから。黙って見て見ぬふりしてた。脇田真佐子がいる時は、彼女のカレシとして。朱実だけいる時は、朱実のカレシとして扱ったよ。

……なんか朱実に感じていた違和感が、彼によってわかったんだよね。

「そんなに彼を好きだったの。それとも、真佐子ってのを嫌いで、男寝盗ってやろうと狙《ねら》ってたの？」

「えーっ、彼の方から誘ってきたから。それだけよ」

「それだけって。あんた達、学生時代からの親友な訳でしょ。そのカレシを盗るっていったら、よっぽどのことがなきゃ、でしょ」

「ううん。ないよ」

あの時の朱実の顔、はっきり覚えてる。なんのためらいも後悔もない、屈託《くったく》もない笑顔だった。不気味だったよ。真佐子ってのも長年付き合ってて、あの不気味な可愛い笑顔に気づかなかったのかなあ。

――殺す瞬間は、見たかもしれないね。

公園の木の陰《かげ》に絞《し》め殺した朱実を放り出してたって、新聞でも見た。テレビでもやってたね。最初は変質者の男に襲われたか、となってた。

ワイドショーで取り上げられた時は、あれ、わざとなのかなとため息ついちゃった。真佐子はすっぴんで不機嫌な顔で、より一層ブスでデブに見える写真つかってて。朱実なんかパーティーか何かで盛装して、化粧もばっちり、被害者はたいてい美人てことにされるけど、これは本当に美人ＯＬという看板に偽《いつわ》りなし、になってた。

でもあたしは、あの写真が印象的だったな。まだ真佐子が疑惑の人だった頃、写真週刊誌に隠し撮りされてたやつ。

朱実の服着てんのか、と思ったもん。

サイズが違いすぎるから、そんなはずないんだけどね。朱実がよく着てた、花柄プリントのワンピース。あたしが知っている真佐子って女は、いつもダークな色合いのカチッとしたスーツか、ジャケットにパンツみたいな、あまり女を感じさせない、性別がないような格好だったもの。

朱実になりたかったのかな、真佐子って。

もちろん、殺された方が気の毒だよ。週刊誌やワイドショーでも、そういうふうに報道されてたよね。三角関係になって殺された。被害者は美人で可愛らしくて人気者だった。

加害者は醜《みにく》くて肥っていて、仕事でも評判が悪かった。

男がショボい、取り合いされるようなものじゃなかった、ってのは、少なくともあたしが見た限りではどこにも書かれてなかったし、いわれてなかった。

で。結局はみんな、それぞれに相応しいものを得たのかな。自《おの》ずから、ね。いくら尊敬する歌手の歌でも、ちょっと納得いかないな。

真佐子と朱実はそれでいいかもしれないけど、あの男はどうよ。ドラマチックにも恋愛の刃傷《にんじよう》沙汰《ざた》にも、本来はまったく縁がないはずなのにね。

あのね、ここだけの話。警察関係に知り合いがいて、教えてもらったんだ。司法解剖した医者も驚くほど、朱実の、その、つまりアソコ。性器ね。変形してたんだって。それ聞いた時は、息が絶えた後に顔をコンクリートブロックか何かで激しく殴られて、美人の面《おも》影《かげ》どころか生前の人相さえわからなくなっていた、って聞いた時よりもゾッとした。

何十年にもわたって、毎日何人もの男とやらない限り、こんなふうにはならないってふうに、アソコが潰《つぶ》れてたんだって。それで、気持ちいいのかな……。

朱実、どうもこっそりと体を売ってたらしいの。街角で客引きしてたんじゃなくて、アングラな非合法の店に所属してたんじゃないかって。

だから脇田真佐子が犯人じゃない可能性も、少しだけあるらしいよ。彼女、今も頑《がん》として自分が殺したとは認めてないでしょ。もしかしたら、本当かも。それはそれで、怖い。

それにしても、朱実。そこそこの会社に勤めてて、美人で、実際にモテて、毎日楽しそうにやってたのに。何を思って、何を求めて、売春なんかしてたんだろ。何を思って、何を求めて、親友のカレシなんか盗ったんだろ。あ、心そのものがなければ、何も思わないし考えないかな。自ら、相応しいものを得ることもない——。

ささやかな不幸とひそやかな美人

*

絶世の、傾国《けいこく》の、といった、おおげさというよりは、もはやギャグになってしまうような形容は付かないにしても。

由子《ゆうこ》が、自分はなかなか、けっこう、わりと人目を引く、といった、普通の女にとっては最《もつと》もお得な形容が付く美人なのだと自覚したのは、いつからか。

少なくとも、小学生の頃ではない。あの年頃の子供というものは、確固たる自分の考えや主張や感じ方はなくて、大人や周りの友達にかなりひきずられる。イメージ戦略といったものに、とても弱いお年頃だ。

時々、大人になってもそのまんまという人々もいるが、雑音にも幻想にも惑《まど》わされず、本質を見極められる小学生、自分自身の考えで客観視できる小学生、などというものがいたら、小学生としてはあんまり可愛《かわい》らしくはない。

大人になってもそのままなら、その大人はもしかしたら皮肉な方向に可愛らしい、かもしれないが。

つまり小学校あたりまでは、勉強ができたりスポーツや絵や音楽などで目立ったり、りーダーシップを取れるような女の子、妙に成長が早くてませている女の子だったりしたら、顔立ちそのものがたいしたことはなくても、美人扱《あつか》いしてもらえるのだ。

あの子は美人だ、という不文律ができてしまい、「よく見たら顔そのものは良くない」とは誰も思わないし、口にもしない。

逆に顔立ちは整っていても、勉強やスポーツができなかったり、意地悪わがまま、もしくは内気すぎたり、ちょっと変わった雰囲気《ふんいき》を漂《ただよ》わせる子などは、必然的にブス扱いだ。「よく見ると顔はきれいなんだよな」とは、誰も指摘しないし、何かの拍子《ひょうし》にふっと思ったとしても、口にはできない。

つまり子供は顔そのものは問題にせず、イメージで美人、ブスを決めてしまうのだ。

由子も、ずっと同じクラスだった美恵子《みえこ》を美人だと、かなり長く信じ込んでいた。信じ込まされていた、という方が正しい。実は薄く疑っていたのだが、口にはできなかった。

それよりも、自分は美人なのにどうして美人扱いしてもらえないのかと、ずっと不満と謎を燻《くすぶ》らせていたからだ。ブスかもしれないと、絶望した覚えもないにしても……。

もとの顔立ちはいいのに、あまり美人扱いされなかった子供時代。

由子は、特にこれといって目立つものはなく、よくも悪くもすべてが平均的な子だった、というのもある。また、年の近い姉妹がいたなら、比べられることでもっと早くから美人自意識やブス疑惑が生まれるのかもしれないが、五つ上の兄がいるだけだった。ちなみに兄は外見は凡庸《ぼんよう》だが勉強はできて、そのためにわりとカッコイイ扱いをしてもらっていた。由子は劣等感は抱《いだ》いたものの、これも相手が兄であったためにかなり救われた。きょうだいでも男女では、比べ方も緩《ゆる》くなるからだ。

＊

さて、小学校時代の同級生だった美恵子だ。美恵子は地元では有名な歯科医院の一人娘で、成績は常にクラスで三番以内。特に作文が得意で、コンクールでは必ず入賞していた。

同級生が、大人や先生に定番の「将来は何になりたいですか」という質問をされれば、これまた定番の答え、いかにも女の子らしく、お花屋さんだの看護婦さんだのスチュワーデスだの、仕事の内容をほとんど知らないのに憧《あこが》れを口にしていた中、美恵子だけは、

「ちゃんとした人と結婚していい奥様になって、可愛い子供をきちっとしつけて、その余暇《よか》にエッセイなんか書いていきたい。それがお金になればいいけれど、まぁ趣味でしょうね。でも、それを生きがいの一つにしたいな」

まるで、本当にいいところの有閑《ゆうかん》な主婦じみた台詞《せりふ》を吐いていたのだ。

後年、美恵子がまさにそのとおりの人生になったのを知って由子は、感心するよりなにやらうそ寒い気持ちになったものだ。

ともあれ美恵子は、スポーツもそこそこできて、家庭科や図画工作、音楽もそつなくこなせて性格もおっとりしていながらしっかりもしていたから、男子からも女子からも一目《いちもく》置かれていた。先生のウケも、当然よかった。

また美恵子は、今から思えばきちんと正しく強い美人自意識を持っていた。

後からなるほどなぁと納得したのだが、親も一人娘だから美人だといつも口に出して可愛がり、通院する人々もみな、お嬢ちゃんは可愛いとお世辞をいっていたからだ。

期待に応《こた》えるつもりだったのだろう。髪も長く伸ばして、冬でも絶対にズボンではなくスカートだった。どうしたって美恵子は美人、になってしまうのだ。

あの頃から由子は、なんとはなしにそんな美恵子が苦手、そう、嫌いというほど積極的にではなかったが、もやもやとした違和感を抱いていた。おそらくその美人自意識と、もしかしたら美恵子は美人じゃないんじゃないか、という違和感を感じ取ったからだろう。

他にも「美恵子ちゃんてなんとなく……気を遣っちゃう」という女の子もいたが、やはりはっきりと嫌いにまではもっていけなかった。

なにしろ美恵子は確固たる「クラス一の美人で男の子の憧れ」だから、ヘタに突つけば男の子達から、「ブスが僻《ひが》んでる」といじめられる恐れがあったのだ。

――今もはっきり覚えているのだが、夏休みに法事でやってきた遠方に住んでいる従兄《いとこ》にアルバムを広げて、特に深い意味も思いもなく、

「どの子が一番可愛い？」

と訊ねてみたら、従兄は意外な子を指したのだ。

それは麻衣《まい》という子で、勉強はよくいって中の下、スポーツも苦手、いつもうつむいて本を読んでいて、でも美恵子のように国語の成績がいいとか作文で賞を取ったりというのはまったくない。いじめられっ子というほどでもないが、まるで目立たない子だった。

みんなからは、無視に近い扱いを受けていた。由子も、それまで麻衣について何か考えたこともない。いたかいないか、忘れるような子だったのだ。だから、

「えー、全然可愛くないじゃん」

反論したら、偏差値の高い高校に通っていた従兄は、

「この子は今から完成された美人顔だよ。ま、君ら子供にはわからないだろうけど」

小さくバカにしたのだ。由子は思わずむきになって、

「じゃあこの子なんかどうよ」

美恵子を指した。自分はあまり好きではないが、マドンナ、アイドルの美恵子だ。申し分ないクイーンとして、指したのだが。これも従兄はあっさり、いいきった。

「別にブスじゃないけど、すげえ普通。並。どこにでもある顔だよ。でもこの子、勉強できるだろ。ああ、やっぱり。やっぱり子供だよなぁ、おまえら」

年上の男である従兄には、説得力があった。それは客観性、というものだと初めて知ったのかもしれない。続けて従兄はこれも、あっさりといってのけた。

「あのさ。由子も顔立ちはいいんだよ。派手じゃないけどバランスいいし、化粧映《ば》えするね。でも由子のデビューって、きっと遅いよ」

「なに、デビューが遅いって」

私は美人？　でも遅い？　胸が高鳴った。期待と、恐れと。祝福と呪《のろ》いの響きがあった。おおげさではなく、どちらも身に迫《せま》った。

「由子が男の気を引くのは、早くても高校生あたりだなって意味」

「えー。それ遅い……。ねえねえ、つまり私はジミ顔ってことかな」

当時の由子にしてみれば、高校生になる自分などははるかな未来であった。

「その方が実はおいしい目にあえるんだよ。地味な美人の方が色気あるもん」

従兄の予言ともいえるものは、その後みな当たった。

＊

目立たなかった麻衣は、中学生になってすぐ街なかで出版社の人に声をかけられ、女の子に人気のファッション雑誌に「街でみかけた可愛い子」としてグラビアに出たのだ。他にも十人ほど女の子が登場していたが、麻衣の写真が最も大きかった。

由子も含め、同じ小学校から中学に進んだ同級生は、

「えーっ、あんな冴えないダサ子がどうしてぇ」

驚いたが、他の小学校から来た子達は先入観というものがなかったから、最初から麻衣を皮肉なことに「見た目だけで」美人だと認定していたのだ。

由子達同じ小学校のグループの女の子は、どこか躍起《やっき》になって、

「あんなの全然美人じゃないっ」

小学校時代の麻衣を知らない子達に、いかに麻衣が冴えない地味な子かを力説したが、

「えー、でも雑誌の人が美人て思ったんだから、本当に美人なんだよ」

もっともな反論をされてしまったのだった。そうなると、なりたての中学生などまだ小学生みたいなものだから、「そうかな。きっとそうなんだ」と思わされてくる。

また、熱烈に麻衣を支持する男の子達に、由子達は面と向かって、

「おまえらブスだからって僻むなよ。ブスの妬《ねた》み、みっともねーっ」

いい返されたのだ。これはかなり、由子に刺さった。他の子達は後から、

「なによぉ、あたし達の方がずっと可愛いのにねっ」

などと、無邪気な無自覚な舌打ちをしていたが、由子はわりと考え込んでしまったのだ。本当に麻衣は美人で、私は美人なのに美人扱いしてもらえないのか、と。

さらに由子を考え込ませたのは、美恵子だった。美恵子は校則違反ぎりぎりの髪型に、妙に大人びた立ち居振る舞いで、他校から来た子も初《しょ》っ端《ぱな》から美恵子の「美人自意識」にやられ、無事に美恵子は中学でも美人の位置を不動のものとしていた。

また美恵子は、さすがだ。ポッと出の美人、中学デビューの麻衣のブス、いや、ブス扱いだった過去を知っているのに、一言も口にしなかった。

「中学に入ってから急にきれいになっちゃって」

敵に塩を送る？　というのか。おっとりと麻衣を誉《ほ》め、悪口など一緒になっていわなか

った。考えてみればあれが、美恵子なりのプライドの保《たも》ち方だったのだ。

「まだまだ。私の方が上よ。あんたなんかまだ、私の足元にも及ばない」

というのを見せ付ける格上美人としては、鷹揚《おうよう》に構えていなければならなかったのだ。

むしろ麻衣の方が、必死な頑張《がんば》りを見せた。

「美恵子ちゃんは、雑誌に出たことはないんだよねぇ。カメラマンも見る目ないね」

「私はいつもお父さんの車で外出するから、あまり外は歩かないの」

唇を歪《ゆが》めて対抗する麻衣と、唇を薄く微笑《ほほえ》む形にして答える美恵子とを見て、由子は
「顔はもしかしたら麻衣の方が上かも。でもやっぱり美人は美恵子なのでは」と感じたのだ。風格も美人には必要だなと。

やはり女どもは、対抗してくる新参者の麻衣より、おっとり迎え撃つ、いわば歴史と風格漂う美恵子に軍配をあげた。男どもは半々だった。由子だけが、

「どっちも性格は悪いんじゃなかろうか。そして、私が美人として入り込む余地もどこかにあるはずだけど、まだ見つけられない」

密《ひそ》かに焦《あせ》り、忸怩《じくじ》たる思いを嚙《か》み締めていたのだ。なぜなら、由子を美人扱いしてくれる友達が、なかなか現れなかったからだ。

——しかし由子は、従兄の予言通り高校生になってから、「付き合ってくれないか」「あ

の子を紹介してって先輩に頼まれた」という声をよくかけられるようになった。

残念ながら、だろう。美恵子はその地方では最もお嬢様が行くとされる女子大付属高校に進み、あまり勉強のできなかった麻衣と、まずまず上位の成績だった由子は、まったく違う高校に進んだのだ。

ちなみに従兄は、すごい美人と結婚したが浮気されてすぐ離婚した。兄は未《いま》だに独身で、適当にやっているようだ。

やがて麻衣は高校を中退して上京し、芸能事務所に所属。B級のアイドルグループの一員になったが、すぐに解散。女の子達はそれぞれ、ソロデビューしたり普通の女の子に戻ったりしたが、一人もタレントとしては生き残ってない。

「半端《はんぱ》な美人って、一般人としては幸せだけど、それを生かす世界ではキツイね」

こう呟《つぶや》いたのは、誰だったのか。自分だったのかもしれない。

ともあれ麻衣はタレントとしてはパッとしなかったが、その後は中堅どころの歳《とし》の離れた作曲家と結婚して、大きな扱いではないがよく奥様雑誌に出ている。変わらず美人だ。

まあ、女としての勝ち負けでいえば、勝ちの方ではないか。

美恵子はお見合いで歯医者と結婚し、婿《むこ》養子にしたと聞いた。高校大学は女子ばかりなので、男の子にモテモテだったかどうかはわからない。

その後は本人がすでに小学生の頃から希望していたとおり、有閑な歯科医夫人をしつつ、エッセイなどでしょっちゅう入賞しては地方紙に出ている。添えられた小さな顔写真は、フルメイクでしかも白っぽいので、「あまり変わらないな」としか思わせないものだった。

私はあの二人より、美人の人生を歩みたい——。

高校生になって急にモテだしたが、そして美人扱いもされたが、由子は常に胸のうちにずっと薄暗い雲のようなものがかかっていた。すかっとした青空のような美人自意識が、なかなか持てなかったのだ。

その雲の中にはいつも、美恵子と麻衣がいた。

高校生の頃、短大生の頃には、もっときれいな女の子もいた。実は美恵子は顔そのものは凡庸だというのも、麻衣は確かに美人だが芸能人としてはぱっとしないレベルだった、というのも客観視できるようにはなっていた。なのに、常にその二人がいたのだ。

「由子は美人だから」「先生も、由子をきれいな子だっていってたよ」……こんな言葉を日常のものとして聞かされるようになっても、そして嬉しくて上気しながら鏡を改《あらた》めて覗《のぞ》き込んでも、いつもどこかに満足しきれないものがあった。

雑誌の読者モデルや有名なミスコンテストに応募もしたが、これは後一歩でいつも落とされた。だが、遅いデビューはあきらめをも遅くする。

ある小規模なコンテストでやっとミスに選ばれた際、思いきって会社を辞め、コンテストを共催していたアナウンススクールに入った。短大卒では、局アナは無理だったからだ。

親は最初は反対したが、地元のテレビ局で時々リポーターをさせてもらえるようになってからは、自慢してくれるようになった。まだ収入は低いので、衣装代などを親に頼っているのだが、文句をいいながらも満更《まんざら》でもなさそうだった。

だが。どっぷり美人生活には浸《ひた》れない。局の女達のヒエラルキー、身分制度は簡潔だ。まず、局アナ。そして契約アナ。次にコーナーを持つような人気のリポーター。美人度とは必ずしも比例しない。まるで小学校の頃のようだ。

冷静に見て、局での自分の容貌は真ん中あたりなのに、最下位に置かれる。

いっそ最初からブスとして悩める人生だったらよかったのに、といらいらは増した。そんなふうな日々に、美恵子と麻衣が思い出されて仕方ない。というより、目に付く。

美恵子があちこちに投稿している文章からは、有閑な歯科医夫人としての生活がこれでもかこれでもかと見せ付けられる。麻衣がよく出ているファッション雑誌からは、今もタレントであるかのように髪を整えて洒落《しゃれ》た服装をした姿を見せ付けられる。

小学校中学校を通しての友達は、もう一人も付き合いがないから、美恵子と麻衣の悪口をいいあえる相手はいない。それは、由子をさらに二人に執着《しゅうちゃく》させた。

由子は遊園地のアトラクションの司会だ結婚式の司会だとなんでも仕事は引き受けたが、月のうち半分は暇《ひま》だ。一時は合コンにも出まくったが、そして美人であることだけを確認していたが、後は暇だ。

暇な時の娯楽とストレスの解消は、二人への嫌《いや》がらせだった。

さすがに、面と向かって何かするほどの大胆さはない。ブス死ねといった幼稚な悪口を書いた手紙を、美恵子の自宅や美恵子を表彰した自治体などにファンレターを装《よそお》って送りつけたり、麻衣が出ている雑誌の編集部に電話をかけて、あの人は昔から借金がすごかったの、クスリでタレント活動ができなくなったのといいつけた。

それで何か、彼女らに降りかかる訳《わけ》ではない。相変わらず美恵子は投稿を続けて小さな賞はよく取っているし、麻衣も別の雑誌にまで元タレントのきれいな奥さんとして登場しているのだ。直接彼女らに会えないので、ヘンな手紙に悩んでいるといった話も聞けない。

リポーターとして仕事をするうちに、由子も「地方のプチ有名美人」の地位は得られるようになった。

取材に行けば、おじいちゃんおばあちゃんに、「テレビで見るより別嬪《べっぴん》だ」と誉められ、「今度は仕事じゃなく来てくださいよ」と、男達に名刺を渡される。

合コンに「テレビにも出ている子」として出れば、男はわさわさとやって来る。テレビ観たことあるよ、と。しかしどうにも中途半端な男ばかりで、「やはり美人は玉の輿《こし》にのれる」と感心されるような相手は、わさわさとは出てこない。

今付き合っている真一《しんいち》が、まさにそんな半端美人に相応《ふさわ》しい。というのは、由子自身が一番納得しているし舌打ちしているし、どこか安堵《あんど》もしている。

田舎《いなか》ではまずまずの会社の跡取りではあるが、自分も作業着で軽トラを運転しなければならない。東京の大学卒といえば聞こえはいいが、田舎では滅多《めった》に知る人のない無名大学だ。背だけは高いが馬面《うまづら》で、優《やさ》しくて夢見がち。つまり頼りなくて子供っぽい。

「嫁にしてもらえるなら、いいじゃないか。玉の輿だろう」

親や友達、兄までがそういうが、あれを玉の輿といわれるのは、まるで自分は真一よりずっとランクが低い出自《しゅつじ》のようではないか。いや、そういわれているも同然だ。

「もしも美恵子なら。真一が相手じゃ、玉の輿とはいわれない。もしも麻衣なら。夢破れて都落ち、ものにならなくて田舎に逃げ帰った、みたいないわれ方する」

さすがに真一に面と向かってはいえないが、くすぶり続ける不満には違いない。

そんな時に、というべきか。いつまでもふわふわと夢は追うのに、冷めたところもある由子は、三十を間近《まぢか》にしてあるチャンスに恵まれた。それは、「ドラマチックな運命のように」とはいかず、「安ぅいドラマみたいに」と表現されるべき出会いだった。

ある地方局で、定年間近だが権力を持つ矢崎《やざき》というプロデューサーに気に入られ、公私ともに引き立ててもらえることになったのだ。

公的な方では、由子を土曜の昼の情報番組で、レギュラーのコメンテーターとして出すようにしてくれたのだ。私的な方は、いわゆる不倫、愛人関係だ。

順調にいけば、局アナは無理でも契約のアナにはなれる。いや、人気コメンテーターというのでも充分ではないか。何より彼は、誉めてくれた。

「由子ちゃんは美人だよ。すごく好みの美人だ」

私は美人として、出世したんだ……！

プロデューサーとの交際は伏せ、真一に伝えた。真一はあまり喜ばなかった。

「由子のためには喜んであげたいけど。結婚は遠ざかるのかなぁ」

そうなのだ。真一は早く結婚したがっている。すればあの田舎町で社長夫人ではあるが、田舎のちょっときれいな奥さんでしかなくなる。真一に不満があるとしたらまず、

「由子がテレビで出世するのは、限界あるんじゃないかな」

美人扱いをしてくれないところだ。真一が心底から由子を愛してくれ、大切に考えてくれているのはわかるのに。

プロデューサーは逆だ。とにかく彼の好みに由子の外見が合うのだ。それだけだ。由子の中身はあまり気にならないらしい。もっと好みの外見の女が現れたら、そっちにためらいなく乗り換《か》えるだろう。

だが。プロデューサーは美人として扱ってくれる。由子はそちらの方がいいのだ。

＊

いよいよ来月、四月の改変にあわせて新番組が持てる。きっと美恵子は、

「まあ、やっぱりテレビに出る人は私達普通の主婦とは違うわ。それに小学校時代から実

はこんなに美人だったのね。ああうらやましい。私なんか家にいるから老《ふ》けるばかり」

ため息をつき、裕福とはいえ凡庸な身の上を嘆《なげ》くだろう。麻衣は東京なので地方ローカルのテレビは観られないが、きっと噂を聞いて悔《くや》しがるだろう。

人気リポーター、コメンテーターになれば、雑誌にも出やすい。うんと売り込もう。麻衣の出ている、あの雑誌にも。

「私より有名タレントになっちゃって。私もまたテレビに出たい。一番、美人で出世したのは由子だったのね。私じゃなかった」

麻衣は悔しがるだろう。そう考えると、二人へのヘンな執着心が薄らいだ。むしろ、あの二人に会って旧交を温めたい、とまで願うようになったのだ。

——そうして、由子がレギュラーコメンテーターを務める番組は始まった。由子は他のリポーターが出ているVTRに、いちいち「すごいですねぇ」「行ってみたいですねぇ」「おいしそうですねぇ」といった、本当にどうでもいいコメントをしていればいいのだ。

おもしろくてたまらない、という仕事ではなかった。それは予測もしていた。観ているのはほとんどが地方の保守的な老人か主婦なので、あまり突飛《とっぴ》なコメントはできない。また、アナウンサーと違って衣装はすべて自前なので、流行のものを着たりしていたら、

「昼間からあんな胸の開いた服を着るなんて」「ネックレスが派手すぎ」といった電話やメ

ールが、たくさん局あてにきたという。

リポーター時代には、そんなクレームなど聞いたためしがない。それは見過ごされていたからだろう。注目されるようになったのは、喜ばしいが怖くもあった。

世の中にはタレントよりもアナウンサー、リポーターといった人々に強い興味を抱く人々も一定数いるようで、ネットで自分の名前を検索してみたらちゃんとあちこち書かれていて驚いた。しかも、すべてといっていいほど悪口なのだ。

「二の腕太いよね」「キモい顔の癖に厚化粧」「いかにも売れない田舎ローカルタレント」「でもああいうダサいのが局のオヤジにはウケるんでしょ」「趣味悪い服」……。

かつて自分が、美恵子や麻衣に投げつけたりした言葉だ。

「ああ、美恵子や麻衣もこんな嫌な気分だったんだな。反省」

しかし、こうはならない。ひたすらに不愉快なだけだ。

プロデューサーにではなく、真一に愚痴《ぐち》った。ここらあたりには、やはり由子にも真一を頼る気持ちはある。

「うーん、人前に出るなら仕方ないじゃない。でも辞める気にはならないんだろ」

由子はなんだか意地になってきた。地味目の服にして、さらに当たり障《さわ》りのないコメントを、とはならず、もっと派手な服で、ひやっとするコメントも口にするようになった。

そうだ、悪口だ悪口。美人に必要なのはこれだ。嫉妬《しっと》からくる悪口にさらされる。不快には違いないが、そこいらのダサ主婦の嫉妬を買ってこそ美人。美恵子も麻衣も、知っているだろう。快感にしてきただろう。思えば自分はその手伝いをしていたのか。悔しい。東京に出ている麻衣はともかく、美恵子はテレビを観ているはずだが、別に何の連絡もない。それほど仲良しではなかったというのもあるが、

「きっと悔しいんだ。私の方が美人として活躍して目立っているから」

そう解釈していた。テレビに出るようになってからも、たまに美恵子にヘンな手紙を送ったりした。麻衣にもだ。これは一種の習慣化した、ストレス発散なのだ。

矢崎との関係は相変わらず続いていた。

さすがにラブホテルはつかわないが、いつも同じ中級のシティホテルをつかう。有名なホテルは人目があるからとの理由だが、由子にとってはそこはすっかりラブホに見えるようになってしまった。

食事はいつも、局のそばの料理屋だ。そこなら仕事の打ち合わせで来ていると、店の人にも由子を知る他の客にもごまかせるからだ。

決してまずくはないが、メニューすべてを覚えてしまった。盛り付けも何もかも。また、彼はベッドの中もいつも同じなのだった。これも手順はすべて覚えてしまった。

＊

春も終盤に近づきつつある頃。由子は思いもかけない、美恵子との再会をしてしまう。情報番組の中で、地方としてはかなり大きな文学賞の授賞式の映像が出た。

「うわ。ミイラみたいだ」

思わず隣の男性アナウンサーがもらした一言に、こんなつまんないニュースどうでもいいじゃない、と髪のセットを気にしていた由子は、フロアの床に置かれたモニターに見入った。すでに、緊張感を欠いているコメンテーターなのだ。

「ほんとだ、ミイラですね」

VTRが流れている間は、マイクの声は流れない。だから隣のアナウンサーは時々おもしろい本音《ほんね》はもらしていたが、ここまではっきりと揶揄《やゆ》をしたのは初めてだ。

最初は表彰場所になっているホテルに、どきりとする。矢崎といつもつかっているホテルだったからだ。いつもつかうのは部屋だけだが、思わず辺《あた》りを見回した。

ちなみに局では、プロデューサーと由子の仲は公然の秘密というものになっている。隣の中年のアナウンサーも、知っている。報道価値など、ありはしない。

受賞者の女は、一世一代の晴れ舞台とばかりに、異様に豪奢《ごうしゃ》な着物をまとって髪を高々と結《ゆ》い上げていた。だがその顔は、少なからずぎょっとさせるものだった。頬《ほお》がこけ落ち、頬骨が尖《とが》り、目は落ち窪《くぼ》んでしまっている。なのに顎《あご》は強く張り出していて、窪んだ目だけがぎょろぎょろと大きい。しかし、どこかで見たような……。

その異相の下に名前が出て、もう一度あっといった。美恵子だったのだ。あの、美人の。

「私、この人知っている」

とは、なぜか口にできなかった。嫌がらせをしていたことまで、知られそうな気がしたからだ。そんなはずはないのに、自分の悪い感情が美恵子をここまでの姿にした、とまで感じた。

だが考えてみれば、顔こそやつれていたが、歯科医夫人で賞をもらっていてしかもあんな高そうな着物を着ているのだから、一概《いちがい》に不幸と考えるのは早計だ。ダイエットしすぎただけ、かもしれないではないか。

——思いがけないことに、だろう。二日ほどして、美恵子から局あてに手紙が届いた。

「いつもその時間帯はお花の稽古《けいこ》でテレビは観たことがなかった。でも由子さんが出ているというのは噂で聞いて知ってはいた。先日、自分の受賞のニュースが流れるというのでビデオ録画して、初めて由子さんを観た。すごく懐《なつ》かしくてぜひ会ってみたくなった」という内容で、硬筆のお手本に、また手紙の書き方の見本としてもつかっていいような、つまりいかにも美恵子らしいものだった。

嬉しさと残酷さの入り混じった気持ちになった。由子は、親が録画してくれているので自分ではビデオは用意してないが、美恵子の変わり果てたといっていい顔は、脳裏の画面でいつでも巻き戻してアップにして眺《なが》められた。

プロの美人と、お嬢さんで裕福な奥様になったとはいえ、しょせんは凡庸な女との容姿の差がどんなものか思い知らせてやりたい。あの美恵子から、感嘆のため息を聞きたい。あの美恵子が、自分の老け方を恥じる姿を見たい。

由子はすぐに会う約束をとりつけた。

自分が嫌がらせをしていたことなど、飛んでしまっていた……。

真一やプロデューサーに会う時よりも、もっといえばテレビに出る時よりもはるかに化粧に時間をかけ、美恵子が気づくかどうかだが、美恵子の映像が流れた日に着ていた派手なプリント柄のワンピースを着た。

私はテレビに出ている女よ、というのを全身で勝負したかった。勝負は決まっていていも。

——待ち合わせ場所は、市内の繁華街から少しはずれた場所にある、しかし有名なエスニック料理店にした。そこで由子は、美恵子だけでないもう一人の意外な女に会った。

「お久しぶり、由子さん。私を覚えているかなぁ」

美恵子の隣にいたのは、麻衣だった。はっきりと、由子は悪寒《おかん》に襲われた。

＊

……由子が悪寒に襲われたのは、テレビで見た以上に美恵子が老けてやつれていたから、だけではない。それぞれの女達の、本当の声が聞こえてきたからだ。

とはいえ、それだけだ、とも片付けられなかった。まだはっきりしない悪寒の正体が、どこかに隠れている。この、素敵なレストランのどこかに。

確かに、一緒に仕事をしている男性アナウンサーも、画面にアップになった顔を見て思わず「ミイラみたいだ」、ともらしたように。申し訳ないが、生理的な嫌悪感すら催《もよお》させるほど美恵子は変貌している。

もはや、ブスになったなぁ、老けたなぁ、という軽い表現は当たらない。異相。異形《いぎょう》。異様。どこか妖怪じみた雰囲気すらあった。体も、病気寸前といった痩《や》せ方だ。

かつては、美人の名を欲しいままにした美恵子なのに、だ。実際は、顔そのものは美しいというほどではなかったが、お嬢様で勉強ができてお洒落で、何より本人が強い美人意識を持っていたから、小学校からずっと「美人といえば美恵子ちゃん」だった。

逆に由子など、元の顔立ちはいいのに特に目立つものがなかっただけで、ブス扱いこそされなかったがいつでもその他大勢、脇役扱いだった。

従兄に予言されたとおり、徐々に美人扱いしてもらえるようになり、ついにはテレビのリポーターまでになったが、どこかまだ不安定というのか遠慮というのか、確固たる美人自意識を持てないでいる。

そこへいくと美恵子は、こんなミイラになってもまだ、美人自意識が伝わってくる。

「えっと、あの、変わらないねぇ」

由子はリポーター生活で身につけた、職業的な愛想《あいそ》笑いを向けた。美恵子にだけではない。隣の麻衣にもだ。その第一声は、麻衣にも向けたものだった。

実は由子は悪寒を、むしろ美恵子にではなく麻衣に強く感じたのだ。

麻衣は、当然のように美人だった。堂々たるきれいさだった。なのに、どこか余裕のない切羽《せっぱ》詰まったものが漂っていたのだ――。たとえばその、奇妙な目の輝き。

そういえば麻衣はある意味、由子より不遇だった。

後《のち》に芸能界に入るほど美人だったのに、暗くてあまり勉強ができなかったばかりに、どちらかといえばブス扱いされていたのだ。

＊

「由子ちゃんは変わったわぁ。すごくきれいになっちゃってぇ」

先に口を開いたのは、麻衣だった。そのきらきらした響きの声に、思わず身構える。

美恵子は美恵子らしく、ダサさと品格が同じ意味になるスーツ姿だったが、麻衣はなんでもないシンプルな白いシャツブラウスにジーンズだ。アクセサリーも指輪だけ。

ところがそんな格好が、なんとも洒落た雰囲気で似合っていて、悔しいがレストランに今いる客の中では、間違いなく最も人目を引く。ちらちら見ている人もいた。

気張《きば》って派手な服を着てきた自分が、ひどく田舎臭く野暮《やぼ》ったく思えてくる。負けた、と口には出さなくても、ひしひしと身にしみた。

ちらちらこっちを見ている人は、「今、地方では少し知られた由子」ではなく「かつては全国でも少し知られていた麻衣」を見ているのだ。また、麻衣もそう感じているであろうことは、ちゃんと伝わってきていた。

余裕たっぷりにメンソール煙草《たばこ》を吸いながら、さっと由子を一瞥《いちべつ》したが、「勝った」という色がありありと浮かんでいたのだ。せっかく由子は、

「美恵子はこんなミイラ化しちゃってるし、なんだかんだいってもただの主婦。麻衣だってアイドルでデビューしたけど結局はぱっとしなくて、やっぱり主婦になったんでしょ。雑誌には出てるけど、タレントとしてじゃなく、半《なか》ば読者モデル扱いじゃない。私なんか、地方局とはいえリポーターよ。レギュラーのコメンテーターやってんだからね」

意気揚々《ようよう》モードで、かつての同級生に会いに来たのに。あっさりと、麻衣に敗北してしまった。席に着く前に勝負はあった、という感じだ。

だが、これだけではない。まだ、はっきりと形にも言葉でも表せない、もやもやとした感情があった。これが悪寒の正体なのだが、まだつかめないでいる。

つかめないままに、由子は椅子にかけた。先に来ていた美恵子と麻衣は、まるで恋人同士のように、向かい合ってではなくソファに隣り合って窓を背にしていた。

だから由子だけ、二人に向かい合う格好で通路側に座ることになった。なんだか、自分が一番身分が下のようではないか。

もちろん、そんな不満や得体の知れない不安は隠して、にこやかに振る舞う。

「あれ、麻衣ちゃんはこっちに住んでるんだっけ」

芸能界は引退したけれど東京在住なのは、麻衣がよく出ている奥様雑誌で知っている。知っているどころか、出版社あてに誹謗《ひぼう》中傷を書いた手紙を送りつけているくらいだ。だからこそ、いかにも麻衣がどこでどうしているのか今の今まで全然知らなかった、という態度をとらなければならないのだった。

悪寒の正体はこれかな。ちらりと考える。由子は麻衣だけでなく美恵子に対しても、そんな行為を続けていた。賞を与えた自治体や、エッセイを採用した雑誌を出している出版社などに、ファンレターを装った嫌がらせの手紙を送りつけていたのだ。

美恵子とも麻衣とも、中学卒業後は直接の交流はまるでなかったから、由子の嫌がらせをどのように受け止めていたか、知ることはできなかったのだが。

二人は、交流が続いていたらしい。嫌がらせの手紙や電話についても、二人の間では話されていたかもしれない。まさかその正体がともに由子だとは、絶対にわからなかっただろうし、想像すらしなかったとしても。

「ううん。東京なんだけど。たまに実家に戻るの。美恵子ちゃんが電話してきたのがいつだったっけ。私が出てる雑誌を見つけて、編集部あてにかけてきてくれたんだよね」

「もう五年くらい前かな。たまたま麻衣ちゃんを見つけて懐かしくてねぇ」

「で、帰省すると会うようになったの。一緒にご飯食べたり買い物したり。でも不思議だよねぇ、小学校中学校では、別に仲良しってこともなかったのに」

「そうそう、卒業してから仲良しになっちゃった」

「だって昔は美恵子ちゃん、マドンナっていうかアイドルっていうか、ちょっと私なんかとは身分が違ってて近づけなかったもん」

「何言ってんの。麻衣ちゃんは昔から可愛かったしモテたじゃない」

隣り合った二人はそれこそ女子中学生みたいに、はしゃいで会話している。由子はしばらく、会話に割って入れなかった。居心地《じ》悪い。

注文をとりに来たウェイトレスも、やや焦れている。やっとウェイトレスの態度にも由子の困惑にも気づいたのは、これも麻衣が先だった。

「適当に選んじゃっていいよね？　ここのお勧《すす》めはタイ風サラダにベトナム生春巻き、それから韓国式の豆腐鍋」

「はいはい、いつものように麻衣ちゃんにお任《まか》せよ」

意外だった。麻衣は中学あたりから美人だといわれるようになったけれど、小学校の頃はいつもうつむいて一人で本を読んでいて、といって勉強ができたり作文がうまかったりというのはまるでなく、とにかく目立たなかったからだ。

目立つ存在になった中学時代も、他の女の子達にはやや反感を買っていた。いじめられるというほどではないが、本人もわかっていたから調子に乗ったりはしなかったはずだ。

「麻衣ちゃん、中身は変わったね。しっかりしたというか、仕切れるようになって」

これは、他意も悪意もない感嘆だった。ところが麻衣は明らかに、不愉快そうな顔をしたのだ。その一瞬の表情は、由子も見逃さなかった。

「あの頃は猫かぶってただけ。っていうか、由子ちゃんもじゃないの?」

再び、悪寒に襲われた。最初に感じたものとはやや違っていたが、いかにも冗談めかして答えた麻衣の笑顔の、目だけが笑ってない。

それは残像となって、由子の瞼《まぶた》に焼き付けられた。美恵子の授賞式の映像と同じ場所に、仕舞《しま》われた。きっとこれからも、麻衣のその表情は鮮明に思い描けるだろう。

「え、えーっ、猫なんかかぶってないよ」

「だってぇ。今はテレビでご活躍じゃない。由子ちゃんがそんなふうになるなんて」

ここで由子は、安堵するべきだろう。ずっと私達に嫌がらせをしていたのはあんたでしょ、ちゃんとわかってたんだから、などとは麻衣も美恵子も一言もいわなかったし、今もわかってないのは間違いないようだからだ。

ただ単に、あんな大人しかった由子ちゃんが今じゃテレビに出ているなんてねぇ、ということだけを言っているのだ。……多分《たぶん》。いや、きっと。

当たり障《さわ》りのない会話を続け、料理がすべてきたところで、美恵子がトイレに立った。

美恵子とより、麻衣と二人きりになる方が気詰まりだ。

麻衣はまるで色落ちしない鮮やかな唇を開いて、さらりと言ってのけた。

「ふふ。由子ちゃんも驚いたようね。あれ、はっきりいってオバケでしょ。でもまだ、美恵子ちゃんは美人のつもりなのねぇ」

やっぱり、あなた達は友達じゃないんだ……。

笑えばいいのかうなずけばいいのか否定すればいいのかわからない由子は、やっと悪寒の正体がつかめた。

＊

「なんだかんだいっても、私が一番自覚的、一番まとも、っていってもいいと思う」

先日は、美恵子と麻衣と来たレストラン。今夜は真一と来ている。実は二日前には、局のプロデューサーである矢崎とも来ていた。

矢崎と来たのは、真一には内緒だ。もちろん、その後ホテルに行ったことも。

いつも人目をはばかって、仕事の打ち合わせと言い訳するために局の近くの店にしか行きたがらない矢崎だが、

「番組の『美味《お》しいタウン』でつかえる店よ。下見も兼ねて。ねっ」

そういって連れ出した。ここの韓国式豆腐鍋がおいしかったのは本当だし、なによりあの夜、デザートが出る頃にようやく品のいい初老のオーナーが由子に気づいて、ファンですサインくださいと来てくれたのだ。美恵子や麻衣の手前、かなり気分は良かった。

美人、としての面目《めんぼく》も保てた。由子は、せっかくテレビに出るようになったのにほとんど街なかで声をかけられることも気づかれることもなく、大いに不満だったからだ。

取材として出向けば、ちゃんと「ああ、あのリポーターさん」とわかってもらえるのに。やっぱり自分にはまだ、美人としての華《はな》、がないのか。

それでも、アラ恥ずかしいわ、などと素人《しろうと》くさいはしゃいだ態度は見せず、こんなのもう慣れっこよといった鷹揚《おうよう》な笑みを返した。そうして、コーナーで取り上げるから次にプロデューサーを連れてきますわ、と約束したのだ。美恵子や麻衣の前で。

もちろん、一介のリポーターにそんな権限はない。だが、一介のリポーターなのにプロデューサーは動かせるのだ。

リポーターではなく、女としてならば。いや。女としてではなく、美人としてだ。

とにかく矢崎は、由子の外見が好きなのだ。内面など興味がないどころか、そんなものがあるとも思っていない。また、リポーターとしての能力も買ってはいない。由子は、それでいい。いや、それがいい。中身など評価はいらない。外見だけを誉《ほ》めそやしてほしい。由子もまた、外見のみ求めてくれる矢崎が欲しいのだ。

ともあれともあれ由子は、矢崎にはここでかつての同級生に会った話はしたが、当たり障りのない内容に留《とど》めておいた。矢崎はあくまでも、仕事を有利にしてもらう相手だ。

今夜は最初から挨拶《あいさつ》に来てくれたオーナーは、「この前のお連れ様と違いますね」といった不用意なことは口にしない。矢崎と同じく、隣り合って座らずに向かい合って座るのだ。真一はもともと、人前でイチャイチャしたがる性格ではない。

毎回違う男と、しかも一定の距離をおいた雰囲気でいれば、「すべて仕事関係かな」と思ってもらえる。さらに「美人だからいろいろな男の知り合いがいる。みな下心《したごころ》はありそうだけれどうまくあしらっている」というのも演出できる。

とはいえ真一には、かなり美恵子と麻衣の話をした。密かに嫌がらせをしていたことは伏せてだが、つまり由子にとって真一は、かなり本心を打ち明けるに足りる人、なのだ。

「なんか、女って怖《こわ》いなーって軽く鳥肌立ったわ。美恵子ちゃんとも麻衣ちゃんとも、携帯の番号とメールアドレス教えっこしたんだけどね」

そこで由子は、バッグから携帯を出して見せた。メールが届いている表示がある。麻衣からだ。開くなり、向かいに座る真一につきつけた。

『今朝のA新聞の読者欄にも、美恵子ちゃんの投稿が載ってるよ。見た？　さりげなぁく昔、地方のミスに選ばれたのを自慢してるけど、あれって美恵子ちゃんが県庁に勤めてたから、コネで選ばれただけなんだよね。その勤めも数ヶ月しか続かなかったし』

真一は微妙な顔で、それを読んだ。もともと真一は、陰口《かげぐち》や噂《うわさ》にはあまり興味がない。

けれど由子は携帯を取り上げると、美恵子から来ているメールも見せた。

『麻衣ちゃんは先月、既婚と年齢をごまかして、女子大生の御用達《ごようたし》みたいな雑誌に読者モデルとして出てました。きれいだけどやっぱり、歳《とし》だけはごまかせてなかった（笑）』

さすがの真一も、ぼそりと呟いた。

「ほんと……女って、怖いなぁ」

そうなのだ。美恵子と麻衣はあたかも小学校からの親友のようにしていたが、実は二人とも相手に悪意、とまではいかないが、微妙にマイナスの意味合いが混じった感情を抱いているらしい。それぞれがこんなメールを寄越《よこ》すのだ。

美恵子の話は麻衣から、麻衣の話は美恵子から聞いた。ともに、興味深くも嫌な話を。

思ったとおり、美恵子の夫は婿養子の立場がなかなか苦悩するものだったのか、二十歳《はたち》そこそこの歯科衛生士とデキて、近隣では話題になっているらしい。当然、美恵子も知っているが、絶対に愚痴らないし責めない。それが余計に夫を苛立《いらだ》たせているという。

得意の投稿やエッセイにも、その件については一切《いっさい》触れない。それどころか、いかに仲《なか》睦《むつ》まじいおしどり夫婦であるかを、これでもかこれでもかと書いて投稿している。あの痩せ方、やつれ方は、やはり心労からだったのだ。

またこれも想像通り、麻衣は芸能界をあきらめられないようで、まだ売り込みをしている。あまり夫婦仲はよくない。麻衣がそんなだから、旦那がうんざりしているのか、もともと仲が良くないから、ますます芸能界に執着《しゅうちゃく》するようになったのかはわからないが。

衝撃、幻滅、ではなかった。ほっとしたほどだ。性格悪いのは私だけじゃない、と。半端な美人として、じたばたしているのも……。

美恵子にも麻衣にも適当に合わせつつ、決して悪口にはならないよう気をつけた。もしメールを転送されても大丈夫なように、言葉は選んだ。これもまた、隠微《いんび》に楽しかった。

「きっと美恵子ちゃんと麻衣ちゃんの間では、私の悪口を言い合ってると思うけどね」

テーブルに並ぶのは、あの時と同じメニュー。だからか。不意に、真一が矢崎や美恵子や麻衣に変わりそうな、怖い錯覚を起こしかける。

「悪口って……由子が何を言われるんだ？」

なんだかんだいっても真一は坊ちゃんで、由子をちょっと口は悪いし派手好みだけど、本当はとても純で素直《すなお》な可愛い女、と信じている。由子が作りあげたイメージなのに。

「そりゃあ、『私達の方がきれいなのに由子がテレビに出ているなんて』とか、『昔は私達の方がモテたのに』とか。そんなんでしょ」

そこで真一は、やや不器用に料理を取り分けてくれながら苦笑した。

「でも、ちょっとだけ同意だな。いや、俺はその二人の顔知らないけど。ううん、由子ってテレビ映り悪いよ。なんか険《けん》のある、嫌ぁな美人になってる」

「……なによ嫌な美人って。可愛いブスの方がいいっていうの」

それこそ、険のある声で聞き返してしまった。おいしいはずのサラダ、がひどく辛《から》い。

——その夜、次第に話し合いは口論にまで発展していった。人目があるために、あまりな騒ぎは起こせなかったが、険悪なまま別れた。

いや、険悪なのは由子だけだったかもしれない。真一の車で来ていたのに、これから仕事があると、オーナーにタクシーを呼んでもらったのだ。

「真一が私の夢を摘《つ》む。私の出世を邪魔する。私に、田舎の主婦になってほしいなんて。こんな美人を美人扱いしないなんて」

帰宅後、真一からは電話も、「言い過ぎた。ごめん」という意味の、いつものメールも届かなかった。

いらいらは治まらない。ふと思いついて、美恵子にメールを送ってみた。

＊

やはり、麻衣よりは美恵子の方が人として信用できる気がした。

いい子ぶって優等生ぶって、と陰口を叩《たた》く人達もいたが、ぶっているのではなく本当にいい子で優等生なのだ。それは間違いない。美人、は多分にイメージであったが。

それに美恵子の方が頭もいいし口も堅そうだし、気分がよくなる慰《なぐさ》めなどくれそうだった。

予想通り、なのか。予想以上に、なのか。美恵子はすぐにメールの返事をくれたどころか、電話までしてきてくれ、直接会いましょうとまで心配してくれたのだった。

あの再会したレストランではなく、もっと繁華街のわかりやすいビルの喫茶店で会った。多少はおおげさに、また自分がいい人になるよう話もちょっと作ったが、要は、

「自分は仕事を頑張りたいのに、婚約者は家庭に縛《しば》ろうとする」

といった、ありがちといえばありがちな悩みだ。ゆえに、普遍的な悩みともいえる。こ

ういう回答は、美恵子のような女には得意だろう。

うんうんと聞いてくれていた美恵子は、しっかりとした優等生口調で答えてくれた。

「いいわね、由子ちゃんは活躍の場があって。私も文筆で身を立てられるならそうしたい。夫は理解がありすぎて、かえって私は家にいるしかなくなるの」

若い女作って家に帰らないいんじゃないの、麻衣に聞いたよ、とはとても言い返せない。

美恵子には、真一の名前も会社もすべて教えた。話の流れでそうなったのだが、別に教えたからといって困ることもないからだ。

それと、局の矢崎プロデューサーの存在も打ち明けた。体の関係があるのは伏せ、気に入られて引き立てられたと、ぼかしておいたが。

ふと由子は、ため息をつく美恵子に悪臭を感じた。虫歯ではない。美恵子は歯科医の子供で妻だから、歯の手入れは完璧だ。やはり相当、胃が荒れているのだ。

臭い息を吹きかけながら、美恵子は窪んだ目を由子に真っ直ぐ向けた。

「私も……人妻なのに、うちに来る患者さんで色目をつかう人が多くて困るの」

はっきりと、悪寒を覚えた。この前、麻衣に感じたものとは違う。

どこか焦点の合わない眼差《まなざ》しを、美恵子は今度は宙にさまよわせた。

「そ、それは大変ね。美恵子ちゃん昔からきれいだったから」

思わず、言ってしまった。というより、美恵子が言わせたのだ。

美恵子はやっぱり、少しおかしいかも。由子は再会後、初めて実感した。

夫に若い女を作られ、美人としてのプライドが相当に傷ついたのだ。それで余計に文筆に打ち込んだのだろう。

でも、美人としての自意識は保っている。いや、自意識を超《こ》えて、ほぼ妄想だ。

今のミイラ化した美恵子に言い寄る男など、いるはずもない。さすがにこれは、麻衣にもおもしろおかしく伝えられない。何より美恵子は、自分を心配してくれているのだ。

あんな嫌がらせをして悪かったな、とも思い出せば胸は痛んだ。しばし、真一との喧嘩《けんか》を忘れてしまうほどに。

――それでも、妙に意固地《いこじ》なところもある由子だ。これまでもたびたび小さな喧嘩はしてきたが、いつも真一の方から折れてきた。向こうから惚《ほ》れてきたんだもの、と最初の喧嘩の時から舐《な》めていた。高《たか》をくくっていた。

ところが、なかなか今回は真一から連絡がないのだ。

美恵子と麻衣とは、頻繁《ひんぱん》にメールや電話のやりとりをした。美恵子には正直に、「まだ冷戦中」と。麻衣にはまったく真一のことは触れず、「レギュラー持つと大変」といった、さりげなく自慢を混ぜたものだ。

美恵子に親愛の情が芽生《めば》えると、麻衣にはほんのちょっと意地悪をしたくなる。由子はそういうふうにしないと、バランスが保てない。

いつでも美恵子は、人生相談の模範回答みたいな返事をくれ続ける。そして麻衣は、「私もモデルの仕事を頼まれて」「未だにアイドル時代を知る人に声かけられて」といった、これもまた対抗意識をさりげなく混ぜた返事を寄越す。

コメンテーターとしての仕事は順調だったから、真一を思って悶々《もんもん》としたりはしなかった。局アナ、契約アナには敵《かな》わないが、リポーターの中では上位に来たのだ。もっともっと上にいってやる。だって私は美人なのだもの。美恵子や麻衣、あんな素人に負けるもんか。

*

ようやく真一から電話があったのは、喧嘩をして二週間ばかり経《た》った頃だった。

「すまないけど仕事で迎えには行けない。あのレストランで待ってて」

ということを、かなり硬い声で告げられた。由子はその硬さを照れ、と取った。

会ってやる、謝《あやま》らせてやる、ベースはそんな高慢気分ではあったが、面映《おもはゆ》い気分もあった。なかなか真一が頑固な面もあるとわかったけど、結局は折れてくるんじゃない。私もあまり意地を張らずに、あなたが仕事の支えよ、くらいいってあげよう。

例のオーナーもにこやかに迎えてくれ、飛びきりのテレビ笑いとでもいうべき笑顔を向けて店内に入る。先に、真一は来ていた。顔はにやけてくるが、精一杯つんとした表情で近づいた。真一は向かいを指した。隣に座ろうと思っていたのに。

「ぐずぐず言い訳しても隠し事しても、よくないと思うから率直《そっちょく》にいうよ」

注文をする前に、もうヘンな勝負モードといったものに入っているではないか。なんだか真一が、知らない人に見える。不吉《ふきつ》な予感に胸の内はざわめいた。

「俺、おかしいのかもしれない。ものすごく由子には謝らなければいけないとも思う。……好きな女ができた」

アドリブがきかない、というのは矢崎にも指摘されていた。ただぽかんとしてしまう。

「誰、私の知ってる人？」

と聞き返すだけだ。真一はうなずいた。

「美恵子さん」

冗談なのか、夢なのか。美恵子という名前の「知っている人」は、一人しかいない。由子は驚き、衝撃、より、まるで異次元にでも連れてこられた気持ちになっていた。

「……美恵子さんが、訪ねてきてくれたのが最初だよ。もちろん、由子のことを心配してくれてね。それで俺達、いろいろと話をして。しているうちになんかだんだん、由子と俺の問題じゃなく、美恵子さんと俺の話になってった……」

ようやく、現実として迫ってきた。それは怒りや驚き悲しみではなく、恐怖だった。

「真一。あなた何いってんの。美恵子は結婚してるのよ」

妙な雰囲気を察したか、ウェイトレスもなかなかやって来ない。

「わかってるよ。でも由子が先に教えてくれたように実質、結婚は破綻《はたん》していて、とうに家庭内離婚状態だった。そんな悩みを打ち明けてくれて。互いに相談しあっているうちに、なんていうか、とうとう巡《めぐ》り会えた真実の相手と思えるようになった。すごく短い間にだけど、勢いや錯覚じゃない。じっくり話し合ったし。わかりあえているはずだ」

……自分がミイラ化していきそうだった。由子はようやく、低く答えた。

「あんなブサイクなミイラと。しかも口の臭い女とよくヤレたね」

「最低だな、正体、見たよ。美恵子さんはオマエの悪口は絶対言わないぞ」

真一の答えはあまりにも簡潔で、容赦《ようしゃ》なかった。

その夜はどうやって家に帰ったか、記憶が飛び飛びになっている。何を注文して、何を食べたのか。やはりタイ風サラダにベトナム生春巻きに韓国式豆腐鍋だったのか。オーナーに、タクシーを呼んでもらったのだけは覚えていた。

呆然《ぼうぜん》としたまま部屋に入って、美恵子に思いきって電話してみたが。案の定《じょう》、着信拒否になっていた。メールもだ。なんと素早いことに、真一もだ。

だから麻衣に電話してみた。さすがに麻衣は驚いたようで、慰め励《はげ》まし、一緒になって美恵子の悪口を言ってくれた。

「麻衣ちゃんだけよ、この気持ちわかってくれるのは。ずっとずっと友達でいてね」

「わかってるって。ずっとずっと友達よ、あたし達」

皮肉なことに、というべきか。これでもう、美恵子には嫌がらせの手紙や電話といったものができなくなった。やれば、一発で犯人がわかってしまうからだ。

ともあれ、真一はまったく取り付く島もなかった。まるで話し合いに応じてくれなかった。とうとう由子は、矢崎にまで泣きついた。とにかく会って、とだけ。

「これからタクシー飛ばして来い。こんな時に何だけど、俺の方からもちょっと話したいことがあるし。局の近くの店の方だ」

矢崎もあのエスニックレストランは気に入ったようだったが、やはり行きつけの店の方がいいらしい。由子だって、もう二度とあのレストランには行きたくなかった。

矢崎を見た時は、涙が出そうになった。自分の頼れる人はこの世に矢崎と麻衣だけだという気持ちにもなった。

「申し訳ないけど、由子のレギュラーは1《ワン》クール。つまり六月までになったから」

……ショックも立て続けだと、互いに相殺《そうさい》しあうのか。どこか麻痺《まひ》したり、鈍《にぶ》ったりしてしまうのか。由子は矢崎にもぽかんと、口を開けてしまった。

「向こうから熱心に売り込んできたんだけど、とにかくすごい意気込みなんだよ。東京在住だけど、この地方出身です、交通費はいりませんから出させてください、ってな。どうせわかるだろうからいうけど、由子の友達だよ」

麻衣、という名前が出るのはもう、どこかわかっていたような気がした。

矢崎はもともと、由子の外見だけを気に入ってやって来たような男だ。もっと好みの女が現れれば、あっさりそっちに乗り換えるのは目に見えていた。

皮肉なことに、その点では真一はやはり誠実だった、といえる。

「美恵子も麻衣も、私に悪意を持っていたのね。いつからかな。再会してからかな。それとも、小学生、中学生の頃からかな。私みたいに」

何を言ってももう、矢崎も真一も戻ってこないのだけは、はっきりとわかった。

どこか別のテーブルから、あれっあの人、テレビに出てる人じゃない？　わあ、テレビよりずっときれいだね、という明るい声が届いたが、もう愛想笑いは向けられなかった。

いじらしい殺意

はっきりとしたいじめられっ子ではなかったし、何もいい返せない大人しい性格というのでもないはずだ。喧嘩《けんか》をするくらいなら、自分が我慢すればいい。むきになって言い合いなんかするより、ああそうですねとうなずくふりだけしている方が楽。それだけだ。

「智美《ともみ》さんはとても素直で優しい。友達思いだし」

だから、そんなふうに誉《ほ》めてもらえる時の方が多かった。そんな人々の多くがそうであるように、智美も演技をしてきたのに。……いつからこんなふうになったのかは、自分でもよくわからない。気がつけば、こうだったのだ。

特に、どうこういわれるような家庭環境ではなかった。父がわりと転職をしていて、あまり勤労意欲や出世欲はなかったことと、母が見栄《みえ》っぱりで口うるさいというのはあったが、それもまあ常識の範囲というか、どこにでもいる程度のものだろう。

＊

ともあれ、そんな智美は学校でも職場でもいじめられる嫌われる、というのはなかった代わりに、いつでも誰かの子分、妹分にされていた。塾に行っても何かのサークルに入っても、必ずそんな女達は待ち構えていた。

周りの人達は、智美と彼女達を親友と見る。相手は智美を子分、手下、召使い扱いしているのに。そして智美は、相手の女をこの世で一番嫌いだと憎んでいるのに。

クラス替えをすれば、卒業すれば、サークルや習いごとをやめれば、その女とはすぐに縁は切れなくても、疎遠にはなれた。もともと、友達ではないのだから。

疎遠になってからやっと、相手の女はこんなふうに気づくらしい。

「智美って、本当はあんまりいい人じゃないのかも。優しくもないし素直でもなかったような気がする。それと……智美って、あんまり私を好きじゃなかったのかも」

——短大を出た後、七年の間に職場を三度変わり、そのたびにそんな女に会っては別れた。その間に付き合った男は三人だ。特に深刻な喧嘩もせずに二人の男とは別れ、三人目と結婚した。それを機に勤めは辞めて家にいるのだが、退屈などしていない。

子供は絶対にいらないとまではいわないが、このまましばらく呑気《のんき》な二人暮らしを望んでいる。双方の親も、あまりうるさく催促《さいそく》はしない。智美は夫には、わりと本音もいえるし、軽い喧嘩もできた。あくまでも、他の人達と比較して、だが。

気楽な日々、だった。子供がいないから、ママ仲間との付き合いもいらない。パートもしてないし教室通いなどもしていないから、例の因縁の女達とはまったく会わずにすむ。

物足りない、などとは思わない。素直に気楽な日々だ。ちょっと手のこんだ料理を作ったり、流行のビーズ細工をしてみたり、好きな女性雑誌のグラビアを真似《まね》てインテリアの工夫などをしていれば、あっという間に日は暮れた。

だからある桜の散ってしまった日曜日、夫とともに出たあまり親しくない夫側の親戚の結婚式の二次会で八田亜紀子《はったあきこ》に会った時、

「久々に……来たなぁ」

目まいを覚えたのだった。嫌《いや》な、懐《なつ》かしさとともに——。

＊

「あたしなんか、小さい娘もいるのにバリバリ輸入の仕事なんか一人でやって、スゴイなあって感心されるんだけど。もう三十も越えてんのよ。全然そうは見えないでしょ」

「そうですねぇ。お仕事で活躍されてるからか、すごく若いです」

「智美さんてまだぎりぎりだけど二十代だってね。でもあたしの方が若いわ」

「そうですね。お嬢ちゃんは今日はお留守番ですか。お祖母《ばあ》ちゃんと？」

「あの姑《しゅうとめ》だけはほんとダメダメ。あたしが仕事で留守を頼むじゃない。そうするとうちの実家の母を呼び出して、お手伝いさん代わりにこきつかったりして。信じられないわ

ぁ」

そこそこ雰囲気《ふんいき》のいい、レストラン。たまたま隣に座った亜紀子は、のべつまくなしに自慢と愚痴《ぐち》とを垂れ流した。今時、先祖が武士と庄屋だったなどと自慢をする人がいるなんてと、智美は驚くよりも笑ってしまったほどだ。

亜紀子は夫側の親戚の新婦の、ではなく、相手の新郎の友達の奥さんだそうで、つまり智美とはひどく縁は薄い。それがいきなりもう子分というか、偉そうにあれ取ってこれしてきて、と命令口調になっている。

智美は昔から、この手の女には決して逆《さか》らえないのだった。

「すごいですねぇ。はあ、たいしたもんです。いえいえ、私なんか」

例によってこんな受け答えをしていたら、すっかり気に入られてしまった。もちろん気に入られたから優しくしてもらえるのではなく、いいなりにさせられるだけなのだけれど。

亜紀子は、最近特に若い女性に人気のある東南アジアのＶ国に出かけては、本人曰《いわ》く本物のハイセンスな、ちらりとトイレで聞いた誰かの噂によると、インチキな安物の雑貨を買い付けては、自宅で売っているらしい。

それこそ、その国の観光客相手の物売りくらいに、相当ふっかけるというのかボルというのか、とにかくあまり誉められた商売ではないようだ。やたら智美に接近してきたのは、商品を売り付けてやろうというのもあっただろうが、やはり智美がいかにも従順に従ってくれそうな、素直に感心してついてきてくれそうな匂いを発散していたからだろう。

その夜、夫にも亜紀子の話はした。ちょっとうんざりする人だとは正直にいったが、

「おもしろそうな人だから、遊びに行ってみる」

とも付け加えた。これはあながち、嘘ではない。やはり智美も少しは退屈していたのだろう。まさか、あの手の女が懐かしいからではないはずだ。

確かに亜紀子はうんざりもさせられるが、おもしろくもあった。本人が信じているほど美人ではないが、美人だといってもまったくのお世辞にはならない程度の容姿もしている。

そんな亜紀子は、同じようにV国で仕事をしていたり、V国を旅行するのが好きな人々のグループに入っていて、そこではアイドル扱いをされているといった。亜紀子のような女は実に鼻がきくというのか、自分を受け入れてくれる人、自分がちやほやしてもらえる場所をがっちり見付けだし、確保できるのだ。

「あの会の主といっていいかなあ。玉川《たまがわ》さんが帰国してるの。明後日は彼を囲む会になるからね。絶対にあたし行かなくちゃ。あたし玉川さんのお気に入りだし」

智美は逆に、本人が卑下《ひげ》するほど冴《さ》えない容姿ではなく、上手に装えば亜紀子よりイケてると評する男も半数は越えるだろう。まったく身の回りに構わない訳《わけ》ではないが、その歳《とし》にしては地味すぎるという印象を持たれるのは、いつものことだった。

だから亜紀子は、智美をその会に連れていったのだ。

中級のV国料理店。そこは、予想通りの場所だった。辛《かろ》うじてきれいと評価されるのは亜紀子だけであり、後は多くの人が偏見を持って想像する、東南アジアのバックパッカー女、つまり化粧っ気《け》も洒落《しゃれ》っ気もない女が数人いるだけだった。しかし亜紀子のいいなりになるほど気弱でも、信奉者になるほど世間知らずでもないようで、内心では亜紀子を小バカにしながらも適当に話を合わせているふうだった。

それでも亜紀子は、ここではアイドルなのだ。子供がいようが三十を過ぎていようが、確固たる華《はな》、なのだ。しかし亜紀子をアイドル扱いする男達もまた、想像通りだった。

「初心者なんです」

「いいお店とか教えてください」

そんなふうに、可愛らしく頭を下げてくる者にはひどく親切にしてやる。だがV国で成功していたり、彼らよりV国に詳《くわ》しくて今ここにいない人達の話題になれば、その容姿をあげつらい、語る方の品位が落ちるような下半身関係の噂を口汚くする。そもそも本当に成功している人達は、あまりこんな会合には来ない。

玉川とやらも現地で、日本人の癖に日本人を騙《だま》すような旅行会社などをやっているらしい。これもまた想像通りのだらしなく肥《ふと》った偉そうな男で、それでいて貧乏くさかった。

それでも智美は、「いい人」になってしまうのだ。まったく心がこもっていないから、

「すごいですねぇ。憧《あこが》れます。大変ですねぇ。わぁ何でもご存じなんですね」

といったお上手を、いくらでもいえるからだ。玉川も智美を気に入ったようだった。

亜紀子は智美がけっこうな人気者になっていくのをちらちらと横目で見ていたが、それでもアイドルの座は不動だといいたげに、芝居がかった高笑いをしていた。

＊

月に一度もあるあの会合。一度でうんざりだったから、適当な理由をつけてもう断るつもりだったが、亜紀子の方も思いがけない智美の人気に軽い危機感だか不快感だかを抱いたようで、あれっきり誘ってこなくなった。一人で行っているらしい。しかし長電話には付き合わされるし、欲しくもない雑貨も売り付けられた。

すでに日本もV国並みに暑くなってきた日の午後。一緒に入った喫茶店で雑誌を見てい

た亜紀子は、心底嫌そうに舌打ちして、そのページを乱暴に向かいの智美に突き付けた。

「この女ほんと、うっとうしい」

「あ、最近よくいろんな所に出てますよね。昨日もテレビで見たけど」

そのグラビアに出ているのは、最近人気のイラストレーターだ。若村《わかむら》リナ子《こ》というその女は、今はほとんどタレント扱いをされていた。歳をごまかしているという噂もあるが、まだ二十代なのは確かで、何より掛け値なしの美人だった。

美人、と称されるのは女優やモデルを除けば、「作家にしては」とか「スポーツ選手の中では」といった但《ただ》し書きが必要な場合が多いが、リナ子は何もなくても美人なのだ。

そうしてここが肝心《かんじん》なのだが、リナ子はV国を題材にしたイラストと、本人がモデルよろしくポーズを取った写真満載の旅行記がベストセラーとなり、今やV国なら若村リナ子だ、ということになってきているのだ。

例の会では、当然リナ子は悪口の対象だ。自分達の方がずっとV国には詳しいし古くからの通なのに、ポッと出てきた女においしいところを持っていかれた、という訳だ。特に亜紀子は口汚く、リナ子を罵った。

電話で一時間、延々とリナ子の悪口だけをしゃべり続けていた時もある。よく、会ったこともない、何の接点もない人をそこまで憎めるものだと辟易《へきえき》したが、調子は合わせておいた。智美は別に、リナ子など何の興味もない。

しかし、リナ子のＨ　Ｐ《ホームページ》は見るようになった。本人ではなく、熱烈なファンだという同年代の女が作っているのだが、かなりのヒットをしていた。

そこにはいわゆる掲示板があって、たいていがリナ子のイラストの感想やＶ国の話題、テレビや雑誌での発言やファッションについて書き込まれているが、時々嫌味な書き込みをする者達がいた。どうもその何人かは、例の会のメンバーではないかと思われた。

それらはすぐに、リナ子のファンによって反論されたり諭《さと》されたりして沈められた。リナ子自身が滅多《めった》に発言しないというのもあるが、リナ子のファンは大体が良識的で穏《おだ》やかな主婦やＯＬなのだ。だから論争や揚げ足取りも、長引きはしなかった。

ことにＨＰ管理人の通称パパイヤは冷静沈着で、どんな罵倒《ばとう》も嫌味も丁寧《ていねい》に相手をしてから削除していた。智美はリナ子はどうでもいいが、わりとパパイヤのファンになった。

智美は書き込みはしないが、最近は暇《ひま》さえあれば見ている。亜紀子がねちっこくここを見ていて、きりきりとリナ子の近況に嫉妬したりするのがおもしろいからだ。それに最近は、これは絶対に亜紀子だという書き込みもあった。亜紀子が智美にいったリナ子の悪口が、そのまま書かれていたりするのだ。ハンドルネームは書き込むたびに変えているが、

「Ｐ助さん。あなた、１０３番の書き込みをしたウイウイさんと同一人物でしょ」

などと指摘されていた。それに対してのとぼけ方、開き直り方も亜紀子そのままで、それもまたおかしかった。パパイヤが怒ればもっと楽しいのにな、とも密かに願ってみる。パパイヤは自分と違って、心底からリナ子を好きでついていっているのだろう。自分は……亜紀子に対してちょっと冷たいかな、と苦笑もさせられたけれど。

＊

久しぶりに、あの会に出た。いつもの店は、独特の香草の匂いに満ちていた。智美は自分もあのリナ子のHPを見ていることとや、亜紀子が書き込んでいるのではないかといった話はおくびにも出さず、適当に相づちを打って話を合わせていた。亜紀子は、リナ子の悪口をいいたくてうずうずしているようだ。

その日の会では、マスコミにも出ない、ましてやリナ子本人のHPなどには決して出ない話題も出された。実際ここには、V国と日本を旅行ではなくもっと深く関わるために往復している者もいるからだ。

「現地に、愛人がいるらしいよ」

その話をしたのは、現地でやはり怪《あや》しげな商売をしている君島《きみしま》という男だった。

「外資系の高級ホテルのフロントにいる男。さすがにそのホテルでは会えなくて、別のホテルで会ってるみたいだけど。ちょっと有名になってるよ。リナ子もだし、そのホテルマンも目立つくらいいい男なんだと」

「援助交際じゃないのか」

V国のビールをあおりながら、不愉快そうに玉川がいうと、すぐに君島は答えた。

「うちのガイドが、リナ子のスタッフのカメラマンと少し知り合いで、デートする場所をセッティングしたってさ。援交、といやあ援交だよな。リナ子の方が金持ちだもん」

「あーあー、お金があるってうらやましい。大体なによ、あのシリーズの本。紀行のキの字もないじゃん。ただの落書き。くだらないっ。ねえねえ、君島さぁん」

突然叫んだのは、真ん中のテーブルに陣取っている亜紀子だった。

「その話もっと聞かせて。あたしも来月、V国に行くの。ストーカーしてやろうかっ」

吐き捨てるようにいったが、実際は興味津々《しんしん》、というのも隠さず君島に食い付いた。

玉川は、君島が自分より詳しくV国の話題を知っているのが不快なようだった。やたら智美に馴《な》れ馴れしくしてきて、君島の話なんか興味ない、という態度を取り続けた。智美もまた、君島さんより玉川さんがいいわ、という雰囲気を出し続けた。玉川は男だが、どこか智美をいつも待ち構えている嫌な女達に共通する何かを持っていた。

……リナ子のHPに、どぎつい書き込みがなされるようになったのは、翌日からだ。

「俺はあっちに住んでいるんだけど、リナ子さんの悪い噂に胸を痛めてます。男漁《あさ》りを繰り返しているそうですね。今はホテルマンでしょ。小遣いもやってるそうですね」

管理人パパイヤは例によって、穏やかに諭した後で削除した。リナ子もまた、沈黙を守った。何人かが反論したが、そいつは次々に書き込んだ。

「エッチの時の声が大きいって、評判らしいじゃない」

「ドブスがちょっとチヤホヤされて舞い上がりやがって。クソみてーな絵。落書き」

どんどん、表現もエスカレートしていく。さすがにパパイヤは、速攻で消すようになった。智美は主婦で家にいるから、経緯をずっと見ていられるのだ。

これは間違いなく、亜紀子だ。確信していた。メール交換をしているが、よくつかういい回しが出てくる。何より、あの会で知ったことを書き込んでいるではないか。

あれからも亜紀子とは、電話でしゃべったり呼び出されたりしているが、

「今、パソコン修理に出しててぇ」

「あんな女のHPなんか見ないわ。ムカつくし、暇じゃないし」

わざとらしく、そんなふうにいっていた。亜紀子は私生活も仕事もうまくいってないようで、リナ子への攻撃は激しくなっていた。さすがに亜紀子も、理屈ではわかっている。

リナ子には何の責任もないことは。だがリナ子を攻撃すれば、少しは紛《まぎ》らわせられるのだ。さすがに直接会いに行ってどうこうはないが、HPへの執着は常軌を逸《いっ》していった。

リナ子とパパイヤには申し訳ないが、ありがたいことだった。かつての女達は、智美をその捌《は》け口にしたり、子供じみた八つ当たりの標的にしたりしたのだから。リナ子にストレス発散の矛先《ほこさき》を向けている間は、智美にとばっちりはこない。

それどころか、一緒にリナ子の悪口をいうことによって、可愛がられもするのだ。そうこうしているうちに、本当に智美までリナ子が小憎《こにく》らしくなってきたのだから不思議だ。

ところが、ついにパパイヤが本気で怒った。アクセス禁止にしたのだ。すると亜紀子は姑息《こそく》に、自分のパソコンではなくネットカフェのパソコンをつかい始めた。ますます罵詈《ばり》雑言《ぞうごん》は激しさを増していった。完全に、荒らし、と称される存在に成り果てたのだ。削除してもしても書き込む。その辺りからはもはや、亜紀子ではなく智美の暗い娯楽だった。

「今度、化粧品のCMにも出るらしいですよ。やっぱり、付加価値って必要ですよね。ただの美人じゃなくて、人気イラストレーターっていうのがあるから重宝されるんだし」

「よく、カラダで仕事取ってんじゃないかとか、オジサン達をたらしこんで今のポジションを得たとかいわれてるけど。やっぱり実力もないと、無理ですよ」

「なんだかんだいっても、玉川さんや君島さんも、いざリナ子が目の前に現れたらめろめろというか、よれよれしちゃうでしょ」
会のメンバーは、亜紀子が表情を強《こわ》ばらせたり、機関銃のようなリナ子の悪口を誘発するようなことばかり、いうようになった。そのたびに、書き込みも激しくなる。
……亜紀子はついに、こんな書き込みをした。智美は読んだ瞬間、全身が冷えた。
「どうせオマエの信奉者つうかファンていうのは、だっせー女ばっかだろ。俺、そういう
の知っている。はっきりしたいじめられっ子じゃないんだけど、保身と保守ばっか考え
て、いい人だ優しくて素直だといわれるだけで世渡りしてる卑怯《ひきょう》モン。ちょっとオシャ
レのつもりでドレス仕立てたはいいが、腕の毛はもっさり生やしっぱなし、みたいな」
続いて、全身が燃えた。これは明らかに、智美を指していたからだ。
夫が、知り合いのデザイナーが独立して店を持ったから、そこで何かオーダーして作っ
てもらおうといってくれた。智美はデザイナーの勧《すす》めで、昔のハリウッド女優が流行《はや》らせ
たスタイルのスーツに仕立ててもらった。肘《ひじ》までの袖《そで》が特徴だ。
それを着て、会合に出たのだ。ふうん、と亜紀子は興味なさげに一瞥《いちべつ》しただけだった。
智美はうっかり、夫に買ってもらったといってしまったのだ。子分としては、親分よりも
幸せであってはいけないのだ。なのに、
「意外と智美って毛深いんだ。こういう袖のを着る時は、腕の毛、剃《そ》ろうよね」

腕をさわって、そんなふうに笑った。智美は手入れしてない腕を、確かに恥ずかしいと感じたのだった。玉川は、毛などまるで気づかず撫《な》でてくれたけれど。

無性《むしょう》に、腹がたった。智美がこの掲示板を見ないと高《たか》をくくったのか。それとも、見られたって別に構わないと、心底こっちを舐《な》めているのか。

「あんまりいい気にならないで……」

智美はしばらく考えてから、近所のネットカフェに行った。自分のパソコンから送信するのは、ためらわれたからだ。掲示板にではなく、管理人に直接メールを送るのだから。

「いつも掲示板を荒らしている人を、私は知っています」

亜紀子のフルネームと住所、電話番号、職業、すべてをそのまま書き込んだ。

「……この人は、リナ子さんの秘密をまだまだ知っていて、女性週刊誌に売ってやるなどともいっています。悪質な人なので、警告をお願いします。ちなみにこの人は、×月×日から×日までV国へ行きます。××ホテルに泊まるそうです」

さすがに帰ってからパソコンを立ち上げるのは怖くて、一日放っておいた。

しかし、亜紀子からの連絡は相変わらずだった。毎日、智美の都合などまったくお構いなしに電話をかけてきたり呼び出したりするのだが、今日もそうだった。

思いきってHPにアクセスしてみたが、そこにも別に変わったことはなかった。亜紀子の書き込みは見受けられず、もしかしたらもう削除された後なのかもしれないが、管理人の日記、とやらを見ても、特に変わった記述はなかった。安堵《あんど》もし、拍子《ひょうし》抜けもした。

——玉川と寝たのは、なぜだったのか。不安を忘れたかったからか、さらに亜紀子へ当て付けたかったのか。間違っても、好きだったからではない。なのに自分から呼び出して誘ったのだ。腕の毛を丹念に剃って手入れして。

「智美ちゃんて、ほんとに八田さんと仲良しだよな」

セックスもつまらなかったが、ベッドの中の会話もつまらなかった。

「そうよ。私はとても、亜紀子さんが好き」

あなたも好き、と同じ調子で答えてから、傍《かたわ》らに横たわる彼のもう萎《な》えたものを握る。触《さわ》ったことも食べたこともない、V国の果物を想った。腐《くさ》りかけの果物はおいしいというけれど、これはおいしくなかった。

亜紀子が買い付けとやらで、V国に発《た》った。見送りに来いと強《し》いられたが、わざわざその日を夫との小旅行の日にあてた。夫とのセックスも久しぶりだった。夫は淡泊なのだ。

「それにしても亜紀子さんとは仲良しだな」

「我儘《わがまま》で疲れるけど」

夫は一生騙そう。智美は抱かれて気持ち良くなる。玉川とは違和感ばかりがあった。乗られている挿《い》れられている舐められている揉まれている……。されているされている、ばかりだ。夫は自分の一部になる。どこからどこまでが自分なのか曖昧《あいまい》になって、蕩《とろ》けていく。夫は、おいしい。きっとV国の新鮮な果物ほどに。夢中で、智美は舐めてすすった。

味わっている間だけは、リナ子のHPの管理人にメールを送ったことをしばし忘れられた。今、亜紀子があの国でどうしているかと、想像することも。

＊

「もう知ってるか。八田……亜紀子が死んだの」

玉川からそんな電話があったのは、智美が誰にあげるのでもないビーズ細工の指輪をこしらえていた時だった。夫は出勤しており、威張る女は日本におらず、何もない初夏の昼下がりだった。

途方もないニュース、とんでもない報《しら》せ。なのに智美はどこかぼんやりと、こうなる日が来るのを知っていたような感覚を味わった。甘い目まいとともに。

「一応、事故らしい。川に落ちたと聞いた。クルーズしていて」

まだ遺体は返ってきてない、葬儀の前に例の会で集まろう、と玉川が話すのを、とても遠くに聞いていた。行ったことのない異国の川をゆく、船の警笛をも聞きながら……。

電話を終えた後、パソコンを立ち上げた。掲示板には珍しく、リナ子本人が書き込みをしていた。それを読んだ時は、目まいを覚えた。ビーズが床に散った。きらきらと。

「管理人さんは突然リナ子を置いて、一人でV国に行ったんですよ。私がどうしても行けないスケジュールだったので。もう公開してもいいかな。私ちょっと、V国の映画に関わるのです。友情出演?もするし。管理人さんはその根回しとロケハンもしてくれてるんです。今頃、クルーズかな。いいお仕事よね〜。なぁんて。来月は私も行きます」

ああ、こういう人もいるんだ。私のように、いい人でいる方が楽だから、ただ目の前の強気な女に子分扱いされるだけじゃなくて。心底、その女主人に惚れ込んだら、とことんまでやってしまう人が。とことん、まで。

「あなたが殺したのですね」

とは、絶対に書き込めない。管理人は巧みに近付いて突き落としたか。それとも裏に通じた人間を紹介してもらい、依頼したか。いずれにしても、素知らぬ顔で帰国して、リナ子のHPに「楽しい旅でした」と書き込むのだろう。

もう荒らしは来ないから、ほのぼのとしたHPだ。もしかしたらパパイヤは、亜紀子の遺体と同じ飛行機に乗ることになるのかもしれない。彼女は鼻歌を歌いつつ、愛するリナ子に尽くした自分に酔うのだろう。満足して眠るのだろう。

亜紀子の葬儀も済み、何事もなかったかのように日が過ぎてから、例の会合に出た。妙に媚《こ》びた調子で近付いてきた玉川が、一人の女を引き合わせてくれた。

地味だが趣味のいい服装。派手さはないが、整った顔。だが、どこかずれた雰囲気を、何かが狂った微笑《ほほえ》みを貼りつかせている。

「こちら、あの若村リナ子さんのファンクラブ会長にしてHP管理人の青柳一恵《あおやぎかずえ》さん」

「えっ。あ、あの、そうなんですか」

亜紀子がこの会に出入りしていることくらい、簡単に調べられたのだろう。でも、何のために。どうして、ここへ。

「あなたが、亡くなった八田さんて方と一番仲良しだったんですって?」

「え、ええ。そうです」

「若村リナ子のHPは見たことありますか?」

「いえ。ご、ごめんなさい。きっと、今夜見ます」

「ぜひ見てくださいね。リナ子さんは忙しくて、ここには来られないと思うけど」

正面から智美を見据えた、パパイヤこと青柳一恵。目だけが笑っていない。メールを送ってきたのはあなたじゃないの。そして、私が八田亜紀子を殺したと勘付いていないでしょうね。その唇はそういう形に歪《ゆが》んでいた。

私は今日から、この女に仕えるのか。智美は今までにない戦慄《せんりつ》に縛られていた。

そう。疎遠になってからやっと、相手の女はこんなふうに気づいていた。

「智美って、本当はあんまりいい人じゃないのかも。優しくもないし素直でもなかったような気がする。それと……智美って、あんまり私を好きじゃなかったのかも」

亜紀子だけは死ぬまで、智美は親友と信じていたのか。そう想像すると少し悲しい。だがこの女は最初からわかった上で、智美を一生離してくれないだろう――。

愛されよう愛されたいでも愛せない

＊

仲村順子《なかむらじゅんこ》は早くから、そのことについて驚きも辟易《へきえき》も、時には感動もしていた。女子高と女子短大を出た後、三年ほど圧倒的に女ばかりの職場である化粧品会社に勤めたのだ。もうおなかいっぱい、女の自惚れというやつを見聞きした。

女の自惚《うぬぼ》れって、凄《すさ》まじいものがある――。

たとえば。肥《ふと》っているのが悪いとはいわないが、明らかに健康を害するほどの巨体、教室でみんなと同じ椅子《いす》に座れないほどだった高校のクラスメイト。なのに、隣の男子高で一番イケてる男の子に猛然とアタックして、双方の高校で笑い者になった。

「あんた、せめてもう少しダイエットしてから再挑戦したらどうよ」

面と向かってデブを指摘した子もいたが、彼女は真顔で言い返した。

「私、確かに体はちょっぴり肥ってるけど、顔はすっごく可愛いもん。少しだけ痩《や》せたら歌手の歌田《うただ》あゆみそっくりになるって、パパママにいつも言われるもん。でも、彼にそれを教えたら、『俺あんまり歌田はタイプじゃない』って。だから痩せないのっ」

彼女を幼稚園の頃から知る同級生によると、彼女は生まれてこのかた痩せたことが一度もないそうで、どこをどうほじくれば歌田あゆみが発掘できるのか、彼女のパパママ以外には誰もわからないという。確かに顔そのものはさほど酷《ひど》くはないが、巨体の方に視線を奪われて、顔はあまり見られもしないという問題もあった。

また、そんな野心があるんだったら、なぜもっと身の回りに気を遣《つか》わないのか。バカにするよりちょっと怖い気さえしたのは、クラスは違うがやはり高校の同学年の子だった。髪も眉《まゆ》も鼻の上の産毛《うぶげ》も手入れせず、肩をフケで真っ白にし、虫歯で欠けた前歯をそのままにしていたのに、人気のファッション雑誌の読者モデルに毎月応募していたのだ。

「おっかしいなぁ。ちっとも採用してもらえないの。もしかしたらああいうギャル系より、もっとお洒落《しゃれ》なモード系の方が私には合ってるのかなぁ」

笑いを取ろうとしてではなく、本気でぼやいていたのだ。もはや誰も突っ込めなかった。

それに比べ、そこそこ派手で知られた短大や、仕事柄《がら》さすがに顔や体には金をかけたがる化粧品会社の女達には、そこまで勘違いしている女はいなかった。だが順子が思うには、もっと質《たち》の悪い自惚れが蔓延《まんえん》していた。

彼女たちは小洒落た格好《かっこう》はしているし、そこそこの短大だ会社だというブランドもあっ

た。しかし、それだけでは補いきれない顔の不具合をもつ、平たくいえばブスどもが、

「前回の合コン、大ハズレよー。ブサばっか。おまけに専門学校に毛が生えた程度の大学の男も混じってるしぃ。せめてW大学あたりを最低ラインに持ってってくんなきゃ」

「なんであんなショボい中小企業とばっか会わなきゃなんないの。あいつ幹事失格ぅ。時間の無駄だったぁ。次からは会社名を限定しよっかぁ」

いけしゃあしゃあ、といったいささかクラシックな形容がぴったりな放言をかましていたのだ。あちらの男達も同じ台詞《せりふ》を吐いているとは、想像すらできないようだった。

「その点、私は……よくいえば冷静で客観性がある。まあ、白《しら》けてるってとこでしょうね。可愛げがない、ともいえますね」

順子は自分が、容貌に関してはとことん並みであるのを自覚していた。あの頃も、今も。

「で、さっきちょっと例に挙げた、言葉は悪いですけど勘違いブス。あの子達より印象に残っているのが、高校の同級生だったリエちゃんて子なんですよ」

本来はインタビューをするのが仕事の順子だが、最近はされる側に回る時もある。

順子は後半にさしかかってはいるもののまだ二十代であり、ライターとしては駆け出しの無名に近いが、性風俗やアンダーグラウンドの世界にも、怖気《おじけ》ず体当たり取材ができる

という評価をされていた。

何より順子は、「ライターにしては」という但《ただ》し書きがつくにしても、「けっこうきれいじゃないか」といわれることもある容姿をしていたのだ。

今、目の前にいる歯並びの悪い男のライターも、やたらに性的な質問ばかりぶつけてくる。仕事でなかったらセクハラだよ、順子はこっそり呟《つぶや》いた。先輩達にならって何様発言させてもらえれば、仕事じゃなきゃお前なんか一分も会話したくないよ。

そもそもこの男。中級ホテルの喫茶室のテーブルに名刺は置きっ放しで名前も覚える気がない。こいつが来ているのも、女子中学生、高校生が主な読者のファッション雑誌で、『憧《あこが》れのお仕事している素敵なお姉さん』というテーマの取材のためなのだ。

ライター、作家、漫画家、声優……、そういった、本来は容姿を問われないはずなのに美人が増えてきた職種で、何人かに「お仕事」について聞くという企画だという。

順子と同じ程度と規模の編プロ所属という男は、カレシとかいるの？　その質問を、何度もしてくる。何度も、ええ、まぁ、と答えているのに。誘ってくるなよ、という防衛だけで順子は答えているから、彼は勘づいているのかもしれなかった。

実際に、カレシと呼べる男はいない。一年前に半同棲していた、堅気《かたぎ》の会社員だった同い年の男と別れて以来、気ままな一人暮らしだ。すぐ次の相手が欲しいとも思わない。

むしろ順子は、仕事でのしあがりたい欲望の方が大きかった。そのためには自分は中途半端すぎる、と鬱々《うつうつ》している今日この頃なのだ。

もちろん、才能が、ではない。容貌が、だ。

「ふうん、リエちゃんか。仲良しだったの」

いつのまにか、馴《な》れ馴れしい口調になっている。テーブルにはノート類、レコーダーなども置いてあるが、傍《はた》からは恋人同士に見えるかもしれない。冗談じゃないわ、順子はわざとらしく丁寧《ていねい》語で声を張り上げた。私達は仕事関係ですよ、と。

「仲良しってほどじゃありませんけど」

早く終わらせよう。順子は早口に、まくしたてた。リエちゃんの話は先月も、タウン情報誌の取材でしゃべった。取材に答えてというより、合間の雑談でだった。

その時は好きなホラー映画、というテーマだったので記事にはされなかったけれど、インタビュアーである中年女性は、なかなかおもしろいと感心してくれた。

ちなみにこの男はその記事を見て、正確にいえば順子の写真を見て、やってきたのだ。

その写真は順子本人も驚くほど、美人に撮れていた。

最初に取材の趣旨をメールで説明された時は、素直《すなお》に嬉しかった。しかしこの男が初対面であからさまに、口にこそしなかったものの「写真写りがいいんだなぁ」という顔をしてみせたことと、本人が歯並びの悪い顎《あご》がヘンに長い、目つきの悪い男だったので、順子もややぶっきら棒にはなった。

「私が高校生の頃、何曲か大きなヒットを出したMという女性歌手がいたんです。アイドルじゃなく、本当に実力派、でしたね。ご存じでしょう？　今もライブとかでは地道に活動して、昔からのファンもちゃんとついていてらっしゃる」

それでも、愛想《あいそ》はよくしておかなければならない。こんなやつでも、とりあえず一票だ。

「ところがその人、あまり美人じゃなかったんですよね。今となっては、気品のあるお顔だとは思います。ところが当時は、漫才師や深夜ラジオのDJなんかにも、さんざん『ブス』をネタにされて、ブスといえばM、みたいになっちゃったんです」

例の、すごい巨体を揺さぶりながらモテる男の子にアタックした子や、肩口をフケで真っ白にしていながらモデルになりたがった子、ああいった子達までが、Mをブスだブスだとせせら笑っていたのだ。

「リエちゃんが憤然と、でもないな。すごい冷ややかに言い放ったんです。『どの顔のどの口が言ってんの。この高校の女どもの方がずっとブスじゃん。おまけにMみたいな才能もないのに、なんであんたらが上に立って人の顔貶《けな》せるの。まず鏡見なよ』って」

「へー。よくそんな堂々と言えたね。じゃ、当のリエちゃんは美人なんだ」

そこで目の前の男は、歯並びの悪い口を歪《ゆが》めた。多分こいつは、リエちゃんみたいな女こそ嫌いなのだろう。順子は直感した。だから、リエちゃんを誉《ほ》めた。

「そうなんですよ。リエちゃんは美人でした。おまけに勉強もできてスポーツもなかなかだった。背もすらっとしてて。だから、誰も反撃できなかったんです」

「へえ。なんかちょっと、古林実希子《こばやしみきこ》の小説に出てきそうな感じ」

その名前に、順子は一瞬言葉に詰まった。誰にも言ったことがない。誰にも、言えない。順子は現在、この世で最も憎いのはその女作家なのだった。リエちゃんに似ている！　それを、たった今気づいた。気づかされた。

＊

ヘンな形というより、嫌な形で夢が叶《かな》う。

風間秋雄《かざまあきお》は子供の頃から、「小説家になりたい」とは思っていた。思っていただけ、にしても。大学で出版社志望に変えたが、夢を変更したのではない。

結局は望むような出版社にも入れず、故郷の親には「小説家になるから」と告げ、コンビニや書店や様々な店、工場でいわゆるフリーターを続けた。

いい加減に親も怒って、「こっちに帰って鉄工所を継《つ》げ」と毎夜電話をかけてくるようになった頃、中途採用で編集プロダクションに入ったのだ。

「いずれ小説家になるから」

そんな言い訳より、とりあえず就職したことで親はひとまず安心し、そううるさい電話もかけてこなくなった。

親は、我が子が小説家になれるなど、はなから夢にも思っていない。最初は大いにそれが不満だった秋雄だが、

「そうは言っても、実は期待しているんだ。うちの親も」

いつのまにか、そう変換してしまった。ちなみに秋雄は、バイトをしていた職場では、

「まるっきりつかえないやつ。大口叩《たた》くだけで何にもできないやつ」

決まってそんな陰口《かげぐち》を囁《ささや》かれ、面と向かっても罵倒《ばとう》されていた。初めのうちは秋雄も腹を立てたり落ち込んだりしていたが、いつしかこれもうまく変換するようになった。

「俺様は文学の天才だから、一般庶民のつまらない軽作業などできなくて当然だ。愚民どもが、エリートを嫉《ねた》みやがって」

そうして口だけ、気持ちだけは、日本文学に革命を起こす！　といった、ほぼ誇大妄想

に近いものを抱《いだ》いていたが、完全に夢をあきらめたのでもはずしたのでもない。と、少なくとも秋雄本人はまだ言い張る。

「俺の才能に気づかない世の中が間違ってんだよ。ま、いずれこの天才がどうしても日本文学界に必要な存在だと、ボンクラな人間じゃなく神の要請によって、華々《はなばな》しく出て行かなきゃならない日もそろそろだがな」

つい先月までは、秋雄の話を苦笑しながらも聞いてくれた女はいた。大学から付き合っていた、美香《みか》だ。

見た目も正直、いい女ではなかった。ただ、秋雄に惚れてあちらから来てくれた女が、美香だけだったのだ。

もちろん秋雄は、そんな事実は認めない。というより、なかったことにしてある。

高校大学と、秋雄は面食いを公言し、モテる女の子、目立つ女の子、多くの男が狙《ねら》っている女ばかりに言い寄った。ところがことごとく玉砕《ぎょくさい》、断られてしまったのだ。

「なんで。君も俺に気があるだろ。わかってたよ。えっ、付き合ってる男がいる？　俺に相手にされないからって、やけになって付き合いだしたんだろ」

しつこく食い下がる秋雄の鼻先に指を突きつけ、憎々《にくにく》しげに唇を歪めた女もいた。

「あのね。あんた気持ち悪いの。うちに鏡、ある？　なんていうか、足の裏みたいな顔なんだよね。ううん、顔よりその性格が一番気持ち悪いのっ」

秋雄は打ちのめされなかった。なぜなら、秋雄は美男だからだ。ただし、秋雄だけが認める美男だ。秋雄以外の人間は、秋雄をブサイクと認定している。無論《むろん》、秋雄は頑《がん》として認めない。秋雄は、よくいえば揺るぎない。

美香は、そんな妙ちきりんといっていい秋雄の自惚れ、自惚れを通り越した妄想に惑《まど》わされたのだといえる。

妙ちきりんな自信を持つ人は、多くの人には笑われる避けられる顰蹙《ひんしゆく》を買う。だが時おり、惑わされる信奉者も現れるのだ。

自分の容姿には何重にもガードや幻想を重ねているのに、他人に関しては冷徹な秋雄は、美香が美人とは言い難《がた》い容姿であるのが不満で、最初は相手にしなかった。しかし、いつまで経《た》っても望む美人は得られない。

保険。枯《か》れ木も山の賑《にぎ》わい。かなり失礼な態度で、美香を「とりあえず一票」とキープはしておき、めげずに美人に言い寄った。

そうしていい加減、そう、まるで故郷の親のように焦《じ》れた頃、「まあ、美香でもいいか。とりあえずのつなぎに」と、恋人に昇格させたのだった。美人はいつまで経っても現れなかったから、美香は望みどおり秋雄の彼女になれた訳《わけ》だ。

美香は堅実な性格で、ちゃんとした証券会社に入り、ふらふらしていた秋雄の家賃を払ってやったり借金を肩代わりしてやったり、尽くしに尽くした。

ところが秋雄は大学生の頃とまるで態度を変えず、相変わらず仕事先で知り合ったちょっと可愛い女の子やきれいな女に言い寄り、言い寄っては逃げられ、といったことを繰《く》り返していたのだ。

小説家としての夢を叶える行動も、いっさいしない。新人賞に応募、伝手《つて》を頼って持ち込み。一度たりともしていない。ただ、口で偉そうに言うだけだ。

「ごめんね。私もう、疲れちゃったよ」

とうとう美香はそう言い置いて、自分の故郷に帰った。噂では、地元の郵便局員だか信用金庫職員だか、ともあれ地道で堅実な男と見合い結婚したらしい。

「いらねーよ、あんな冴《さ》えない女。せいせいした。俺だったらやっぱり、もっと目立つ美人でなくちゃな。ま、今狙ってんのは古林実希子。高望みなんかであるかよー。実際に会うのも決まったし」

編プロでバイトしている大学生の男の子、通称テッちゃんだけは、はいはいと素直に聞いてくれた。だからこの男の子を連れて、よく飲みに出た。

「いいかぁ。チンケな仕事もみな引き受けろよ。俺なんかアイドル本のゴーストライターもやるし、エロ雑誌の読者体験手記なんてのも作ったし、ちっこい会社のタコ社長の自伝のリライトも引き受けてるし」

――あなたは自惚れが強いんじゃないと思う。本当は、気づいてるんじゃないかな。でも、見ないように見ないようにして生きてる。見ると、生きていられなくなるもん――

……酔いが回ってくるうちに、こんな失礼極まりない台詞を吐いたのが、本当に美香だったのかどうか曖昧《あいまい》になってくる。

安いだけが取り柄《え》の、しわしわのばばあがやっている店だ。なんかヘンな混ぜ物してんじゃないか、というほどにこの焼酎《しょうちゅう》は酔いが回る。隣のテッちゃんは、哀れんでいるのか親しみを込めているのか心配しているのか、これまた曖昧な笑顔だ。

「でもなぁ、そういうのはすべて、成功した暁《あかつき》にはいい思い出になるんだよっ。ああ、俺も不遇な時代があったなぁ、ガムシャラに書いてた若い頃があったなぁ、ってな。古林実希子みたいなのはダメだよ。深みがないつうか……」

ついにカウンターに突っ伏した秋雄は、ぐるぐる回る頭で考えていた。明日はその古林実希子にいよいよ会うんだ。きっと俺を好きになる。あの女は絶対に、俺みたいなのがタイプのはずだ。だって、あの女の書く男はみんな、俺に似ているもんな。

「畜生《ちくしょう》、美香のやつ。そうなった時に悔《くや》しがれ」

「……先輩。やっぱり、別れた彼女に未練あるんですね」

テッちゃんが何か生意気なことを言っているが、ぼんやりとしか耳には届かない。

「うるせー。んな訳ねぇだろ。……ていうか、もっと生意気なのはあの女か。古林実希子じゃなくて、ええっと、ええっと、なんだっけ。今日、取材した女。ライターとかいってたけど、チンケな仕事をちょっとある色気だけで取ってるんだろ」

おしぼりで顔を拭《ふ》こうとし、右手を伸ばしたところで焼酎のグラスが倒れた。ぽたぽたと下半身に、雫《しずく》が落ちてくる。そこで唐突に、今日会った女の名前を思い出した。

「仲村順子だった……。始終、人を小バカにしたような含み笑いなんかしやがって。けどなぁ、俺が古林実希子をモノにしたら、あの女だって見直す。いや、もったいないことをしたわぁ、って地団駄《じだんだ》踏む」

やっぱり、あの台詞を吐いたのは美香かもしれない。朦朧《もうろう》としながらも、どこか一点醒《さ》めた箇所で秋雄は思った。なんだかんだいっても、長年そばにいてくれた女だもんな。テッちゃんがそそくさと、先に出て行くのがわかった。

――あなたは自惚れが強いんじゃないと思う。本当は、気づいてるんじゃないかな。でも、見ないように見ないようにして生きてる。見ると、生きていられなくなるもん――

＊

運がいいというのは、誉め言葉なのか。

どうも、違う気がする。古林実希子は、ネイルサロンで丁寧に塗ってもらったばかりの鮮《あざ》やかな青色の爪《つめ》を、広々としたベランダから射し込む光に透《す》かしてため息をついた。自分でちまちまとマニキュアを塗っていた頃から、今ほどではないが言われていた。

「実希子さんは、運がいいよね。ラッキーな人生だよね」

才能があるから世に出たのは当然、といったニュアンスはそこにはない。ならば、半《なか》ばバカにされているのと同じではないか。運の良さを誉められるというのは。

「まさかすべて、私小説ってことはないですよね」

これまた、インタビューに来る人も、街なかや飲み屋で気づいて声をかけてくる男達も、同じように口にする。

「えーっ、ミステリー書いてる人に人殺しの経験はありますかとか、SF書いてる人に宇宙人に会ったことありますか、とは聞かないのに。どうして恋愛物、性愛物だと言われまくりの聞かれまくりなのかしらぁ」

質問者に合わせて頭の悪そうな答えを返し、実希子は笑うことにしている。苦笑ではなく、心底から楽しそうに。

出版社からの前借りで購入し、ほぼすべて返し終わった都心のマンション。もちろん実希子名義だ。

「私は小説家よ。……妄想空想想像大好き。ええ、実体験よりもね」

次に来る質問も、決まっている。

「でも、古林さんはおきれいだから。さぞかし、モテたでしょう。モデルになりたい男がたくさん来るでしょう」

実希子は、誰が見ても美人だ。それは間違いない。

短大生の頃は、読者モデルだイベントコンパニオンだパーティーコンパニオンだ、派手目なバイトばかりをし、卒業してからはコネをつかって地方局のリポーターやナレーターになった。短大卒では、さすがに局アナは無理だった。

ともあれ、その頃ストーカーチックに迫ってきた何人かの男達の中から、かなり年上の大手企業の跡取りと結婚。円満に離婚した後は、慰謝料で趣味のカフェをやりながらなんとなく小説を書いてみたら、客で来ていた出版社の男に読まれて「こりゃいける」と、いきなりデビューが決まってしまった。

初めての単行本はドラマ化と漫画化されてヒット、とうとうカフェは人に任せて、小説一本でやっていくことになった。

離婚の原因は実希子の浮気と浪費で、ほとんど追い出されたという顚末《てんまつ》や、その出版社の男はそもそも実希子と男女の関係にあって、かなり彼が原稿に手を入れてくれていた……といった話は、大幅にカット。

しかしそんな多少の脚色や粉飾はなされているものの、ほぼ事実に近い実希子の物語だ。運だけで作家になれた、と羨望《せんぼう》と嫉妬《しっと》を受けても仕方ない物語だ。

「女を売り物にして生きてきて、今もまだ女をつかって世渡りしている」

最も多い誹謗《ひぼう》は、これだ。しかしこれは別の側面からは、れっきとしたサクセスストーリーとなる。女の勲章ととる人だって、いる。

「でも、私は、文句つけようのない堂々たる美人じゃないでしょ。ブスっていう人もいますよぉ。ほんとほんと。だって、顔なんて文句つけようと思えば何だってつけられるもん。ともあれ正真正銘の美人なら、女優さんや売れっ子ホステス、有閑《ゆうかん》マダム。美人ってだけで食べていけるじゃない。私はしこしこ小説を書かなきゃ食べられませぇん」

インタビュアー、質問者が女なら、特にここのところは強調する。男が向けてくる性欲より、女が向けてくる嫉妬の方が、はるかに怖いからだ。

毎週、毎月、途切れず追ってくる雑誌の締め切り。レギュラー出演のテレビは三つ。毎日のようにインタビューの依頼があるし、インタビュアーが訪れる。

「派手な仕事ばかりしてたのは、厳しかった父への反発かもしれませんねぇ。次期社長さんとの結婚は、心配性《しょう》の母への親孝行だったかな。ま、離婚しちゃったけど。でも、今じゃ物分かりのいい父と、どっしり構えた母になってるんですよ」

これは、脚色なしの本当の話だ。合間合間に、こういった本当の話をはさんでおけば、多少の嘘の物語ももっともらしくなる。

「美人で得したこと？　ないない。ろくでもない男しか寄ってきませんしね」

これも、インタビュアーや女の読者へのサービスと言い訳ではなく、事実だ。エロチックな小説を書く美人。そんな職業についた頃から、実際に実希子に言い寄ってくる男は大きく分けて二通りになった。

ちゃんと小説を読み、しかし別のことも期待しつつ来る男。仕事で来る男の中にも、プライベートで出会う男の中にもいた。もちろん、純粋に仕事だけ、小説だけという男だっているが、かなり希少だ。

残りのタイプは、実希子を作家ではなくちょっと特殊な風俗嬢と思い込む男だ。仕事で付き合う男にも、それ以外で知り合う男の中にもいた。まさかとは思ったが、最初からそれだけを目的に近づいてくる仕事絡《がら》みの男もいた。

——その日の午後に来た男は、実希子にとっては「最悪な」ところに分類された。

気さく、をも売り物にしたい実希子は、仕事関係者を簡単に自宅に呼ぶ。容貌や着るものを誉められるより、腕一本で買ったマンションを誉められる方が嬉しくもあった。たとえ相手が、「幸運で手に入れたマンション」、「女をつかって買ったマンション」と思っているとしてもだ。

ところが今回は、近所の喫茶店かホテルのラウンジにすればよかったと、かなり後悔した。

風間秋雄と名乗った男はやたら顔が長く、顎がしゃくれ、歯並びが悪い。パッと見は間抜けな馬、もしくは足の裏だ。なのに「俺ってちょっといい男だろ」という自意識を隠そうともしないのだ。いや、自意識といったものですらない。単なる勘違い、だ。

「いやあ、昨日もきれいな女の人にインタビューしてきたんですよ」

「あ、そうですか」

「駆け出し、いや、売り出し中のライターさんで、古林さんと一緒のページに出ますよ。なかなか可愛い顔してますよ」

「それは楽しみです」

「彼女も、古林さんの大ファンみたいなことを言ってたなぁ」

「へえ。また会う機会があれば、よろしくお伝えください」

早く帰ってもらおう。ヘンな逆ギレなどはされないよう、ぎりぎりの愛想はしたが、ぱきぱきとした受け答えで通した。

「そっち方面」に話を持っていこうとする風間をかわしかわし、この後もすぐ別の取材がある、と嘘をついてお引き取り願った。

――その、翌日からだった。実希子の部屋に無言電話がかかり始め、ポストに直接持ってきたらしい気味悪い嫌がらせの手紙が突っ込まれ、夜中に突然ドアを叩かれたり、呼び鈴を鳴らされるようになったのは。

「あの、気持ち悪い男かな……」

気の強い実希子も、さすがに何日か続くとこたえた。飲み屋で知り合って、最初からそっち方面を目当てに近づいてきた感触はあったものの、愛嬌《あいきょう》ある性質と顔で憎めない、まだ大学生の男の子を呼んだ。ここのところ、呼び出すのは彼が一番多い。

一ヶ月前までは、うっすら結婚まで考えるカメラマンと交際していたのだが、彼に籍の抜けてない妻としゃれにならない借金があるのがわかって、きっちり別れた。

もしや嫌がらせは彼ではないのかと疑った瞬間もあったが、彼ではなかった。ドアの前に腐《くさ》った魚の入ったビニール袋を置かれた日、彼は仕事で東南アジアに行っていたのだ。

大学生の彼がやってきてくれた時は、涙が出そうになった。腐った魚入りの袋はごみ集積所に持っていったが、怖いというより惨《みじ》めだったのだ。

「……ついさっき、実希ちゃんの部屋の前に誰かいたよ。声かけたら、逃げてった」

「えっ。それって、顔の長い気持ち悪い男じゃないの」

ううん、と彼は玄関先で実希子の肩を抱くようにして、いった。

「女だった」

＊

運の強さと生来《せいらい》の強《したた》かさと、自覚している美貌。それらを武器にのしあがってきた人気作家、古林実希子。

本人が、自信満々に公言しているのではない。世間が言っている。世間がそう決めてしまった。しかしこの世には、本人が言うより他人が言う方がずっと正しく真実に近い、といった事象はあるではないか。いや、そちらの方が多いかもしれない。

「恨《うら》まれる覚えなんかないよー……」

だから実希子は、気弱な泣き言も口にするのだ。限られた相手だけにだが。

「以前にもちょいちょい、ヘンな電話とかはあったけど。実際に部屋の前まで来られたりしたのは初めてかも。気持ち悪いよぉ、うちを知ってるなんて」

夜でも急に呼び出せるのは、玄関口でこうして肩を抱いてくれている大学生の彼だけだ。自由奔放で男遍歴が多いとされている実希子だが、意外に男には慎重《しんちょう》だった。

というより、人気作家と呼ばれるようになってからは、安易に言い寄ってくる男、性愛小説を多く書いているので妙な期待をして近づいてくる男には、うんざりするようになっていた。もう心底、自分からいいと思った男でないとダメだ。

「実希ちゃんには覚えはなくても、あっち側にはあるんだよ」

「そんなのひどい。逆恨《さか》みってもんじゃないの」

うんと年下なのに、いつでも落ち着いた彼に肩を抱かれたまま、リビングに入る。世間では、女を武器にして誰かに買ってもらったように囁かれるマンションの一室。実際には、きちんと自分で稼《かせ》いで買った。だからこそ自慢の部屋だ。

なのに今は、どこか心許《こころもと》ない。ふと、見知らぬ場所にも思える。一緒に、ソファに座ってくれた彼も見知らぬ誰かのようだ。こんな近くにいてくれるのに。

そういえば彼の携帯の番号や通う大学は知っているが、まだ彼の部屋には行ったことがない。外で会うか、ここで会うかだ。バイトもしているというが、何をしているのかは知らない。根掘り葉掘り聞きだしはしないが、他にも付き合う女がいるようだ。

いらぬ詮索《せんさく》はしない。彼は、カレシではないからだ。むしろ親友に近い。彼の方も、実希子の男関係を探ったり、嫉妬したり、仕事についてあれこれ口をはさんだりはしない。互いに、そんなちょっとした距離感のある付き合いが居心地いいのだ。

夜中にドアを叩かれる。呼び鈴を鳴らされる。無言電話……。強烈な嫌がらせ、命の危険を感じるような悪事、とまではいかない。しかし、それゆえのじんわりとした嫌らしさは、少しずつ効《き》いてくる。こんな時に呼び出すには、彼が最適だった。

洗った手にはまだ、腐った魚の臭《にお》いが染《し》み付いている。一瞬だが、この仕事を辞めようとまで思った。

「嫌がらせしてくる側もさ、本心から実希ちゃんが憎くてたまんないんじゃないよ。実希ちゃんより、むしろ自分自身が憎いんだと思う」

隣に座る彼は、穏《おだ》やかに続けた。時おり、実希子の肩を撫《な》でたり背中を軽く叩いたりしてくれながら。

「うだつのあがらない自分。パッとしない自分。その他大勢でしかない自分。自分で思うほど評価してもらえない自分。そういう不平不満を神様に訴える代わりに、『いい目にあってる目立つやつら』を代理人にしてしまうんだ。神様に訴えたくても神様は遠いからね。直接の責任者じゃなくても、文句を言うには代理人の方が近いもん」

彼は若いのに、妙に達観しているというのか、いつでも冷静で温厚だ。それでいて、愛嬌もあって楽しい。シモ方面の話題も冗談も、ちっとも嫌らしくならない。

飲み屋で知り合ったのだが、実希子が有名人なのも作家なのも知っていた。それでも物《も》怖《お》じせず、ヘンな遠慮も野心も持たず、あっけらかんと誘ってきた。子供っぽい見かけによらず、ベッドの中でも妙に成熟していた……。

ともあれ。彼のおかげで次第に落ち着いてくると、もともとの実希子の気の強さが頭をもたげてきた。沸々《ふつふつ》と、見知らぬ相手への怒りも湧いてくる。

「それはわかったわ。で、部屋の前から逃げてったのはどんな女だった⁉」

それこそ、彼が犯人の代理人であるかのように詰め寄ってしまう。

今さらながらだが、人気作家と呼ばれる前から、実希子は自分に向けられるやたらな男の性欲に悩まされ、むやみな女の嫉妬に困らされていた。

今回は、まずは男が犯人ではと疑った。一ヶ月前にこちらから別れを告げたカメラマン。何日か前インタビューにやってきた、ヘンな顔でヘンな自意識でヘンな話ばかりしたライター。

この二人に関しても、「ひょっとしたら……」程度の疑いで、「絶対あいつに違いないっ」というものではない。カメラマンは今は東南アジア出張らしいし、風間秋雄とかいった気持ち悪いライターは、姑息《こそく》な嫌がらせをするというよりは、ある意味正々堂々とした勘違いでもって、「俺に惚《ほ》れてんだろ」と正面から来そうだ。

このところ、他の男とのトラブルはない。少なくとも実希子の記憶には、ない。

女とのいざこざとなると、もっと心当たりがない。男を奪い合った、仕事で競り合った、面と向かって罵《ののし》った、そんな覚えは一つもない。少なくとも実希子の記憶には、ない。

実希子はむしろ女の方が怖いから、女の方により一層、気を遣うよう心がけている。学生時代からコンパニオンや読者モデルをやり、卒業後は地方局でリポーターなどをやった。女の園でお年頃を過ごしたのだから、女の凄まじい自惚れや嫉妬心といったものは、皮膚がすりむけるほど身にしみていた。

あの頃から仕事でもプライベートでも、とにかく女に嫌われないよう努力してきたつもりだ。過度に謙遜《けんそん》したりお世辞を言ったり、そんな媚《こ》び系の処世術ではなく、むしろ自分が美人であるのも男関係が派手なのも毒舌なのも、あっけらかんと前面に出す。

女はむしろ、「作られたキャラクター」に嫌悪《けんお》感を示すから、正直な自分を出す方がまだしも風当たりは少なくて済むのだった。もっとも、「女に気を遣っている」とは見られなくなるのだが。

「私には覚えはなくても、あっちにはあるってことかぁ……」

実希子にパーティー会場で挨拶したのに、思いきりフンッと無視されたとか。エッセイを依頼したら、「あんたら三流出版社の癖《くせ》に。私を誰だと思ってんの」そんな断り方をされたとか。インタビューの間中、椅子の上にあぐらかいて不貞腐《ふてくさ》れて煙草を吸っていたとか。××美容外科の医者をたらしこんで、無料で鼻と顎を直させたとか。

そんな「いったい誰よそれ」と叫びたいような噂を流されたり、親しい人に「こんな話を聞きましたが本当ですか」と真顔で訊ねられたりしたことも、何度もあった。つらいが、だいたいそういう話を作るのは女、言いふらすのは女、なのだった。

「その女、声かけたらすぐ逃げてったけど。うーん、中肉中背ってやつ。特に特徴ってなかったな。歳は二十代半ばあたり。まあまあ可愛いかな。並みよりやや上。はっきり美人やブスじゃない。どこかで見た覚えもあるんだよね。ひょっとしたら業界関係者かも。なんかの雑誌に載《の》ってたような気もするんだよね。はっきりわかんないけど」

「やっぱり……。あーあー、もうヤだ。女って怖い」

「そう、女は怖いよ。実希ちゃんだって怖いとこあるし」

実希子は怒りに火照《ほて》りながらも、彼にしがみついて甘い声を出してしまう。

「いやぁねぇ、テッちゃんてば、私は怖くないよ」

テッちゃんはしがみつかれたまま、ふっと笑った。

＊

「普通に美人なのは古林実希子の方だし、知名度も比べ物になんないけどよー。仲村順子の方が案外、男好きするんだよな。ほれ、日本の普通の男って、隙《すき》のない美人より、ちょいブサイク混じりのカワイ子ちゃんが好きじゃん」

所属している編集プロダクションに届いたばかりの、女子中高生向けファッション雑誌、最新号。風間秋雄は机の上で得意げにページをめくりながら、古林実希子と仲村順子の顔写真をペンで交互に指して品定《しなさだ》めしている。偉そうに、語っている。

物や家具が少ないために、ワンルームの部屋は足の踏み場もない、といった状態にはなってないが、殺伐《さつばつ》、殺風景、そっち方向の印象を与えるものとなっていた。仕事机にも食卓にもなる折りたたみ式の卓袱台《ちゃぶだい》には、安物の鏡も置いてあった。

「俺なんか、美人でなきゃダメだけどな。ブスに生きる価値も意味もなーし」

今まで口説《くど》いた女に、「うちに鏡ある?」「鏡と相談してからおいで」と、さんざん罵倒されてきた秋雄だ。もちろん、鏡はある。ここに、ちゃんとある。映しても、いる。そこに映る顔を見れば、ブスも美人も口説かれた女も口説かれなかった女もいっせいに、

「おまえが人様の顔をあれこれ言える身分かー!」

口をそろえて、声をそろえて怒鳴るだろう。それでも秋雄には、いささかクラシックかつ上品でない表現をすれば、蛙《かえる》の面《つら》に小便だ。秋雄は自分を美男と信じきり、これっぽっちも疑ったことはない。いわば、鏡はあっても無駄なのだった。

また、果敢《かかん》に美人にアタックして玉砕しても、自分では決してフラれた断られたとは考えない。「あの女、頭おかしいんじゃないの」で終わりだった。

仕事、就職、すべてにおいてそれだ。自分に実力がなかった、無能だった、絶対にそうは思わない。「みんな、バカなんだ。俺は天才だから理解されないんだ」で終わりだ。

職を転々とし、またほとんどがクビになったのだったが、今の編集プロダクションだけはかろうじてつながっている。秋雄を上回る変わり者もいるし、秋雄をおもしろがってくれる度量のある上司もいるし、何より一般企業の会社員みたいに毎日決まった場所で決まった人と接するのではないから、深刻に嫌がる人もいないのだ。

肝心の文章力も、決してうまいすごい突出しているといったものではないが、箸《はし》にも棒にもかからない、というものでもない。まぁ普通に無難に書けている。

――あなたは自惚れが強いんじゃないかな。本当は、気づいてるんじゃないかな。でも、見ないように見ないようにして生きてる。見ると、生きていられなくなるもん――

秋雄にこう言ってくれたのは、かつての恋人、美香だったか。秋雄は美香など、恋人とも認めずバカにしきっていたのだが、ふと、思い出される日もある。

いずれにしても、この雑誌が一般の書店に出回るのは明後日だ。インタビューした著名人には、版元の編集部から発送するようになっている。秋雄は、自宅アパートに二冊持って帰っていた。秋雄はいつも、実際に会って気に入った女には、再び会う気で「直接お届けします」と電話をかけるのだ。会えば惚れるに違いない、いつも確信してだ。

けんもほろろに、「事務所に送って」「もう届いているからいりません」「ポストに入れといてください」と断ってくる女もいるが、いや、こっちの方が多いが、秋雄はへこたれない。たまに会ってくれる女がいるからだ。

会ってくれる女も、ドア越しに受け取ったらバタンと鼻先で閉めてしまったり、近くのファーストフード店などを待ち合わせに指定してきて、コーヒーだけ飲んでそそくさと「用事がありますから、これで」と雑誌をつかんで出て行く、というのがほぼ決まりだが、これにもまた、へこたれない。

「野心だって上昇志向だって勘違いだって、実希子よか順子の方がずっと持ってるみたいだしさ。実希子はもう、ここまでだろ。後がないっつうか。いじるには、順子の方がおもしろいと思うねー。それに順子、ビンビンに実希子にライバル意識持ってんだぜ」

秋雄は、よくいえば楽天的、ポジティブ・シンキングというやつで、悪く、いや、普通にいえば勘違いと自惚れが強い鈍《にぶ》いやつ、だ。

まるで自分の女のようにペン先で突いているが、売り出し中のライター順子も、人気作家の実希子も、ともに秋雄を嫌っているのだ。ただもう気持ちわりー男、としか認識しておらず、「雑誌を渡すから会いましょう」などと電話をかけてきても、「忙しいから送って」と答えるのはわかりきっていた。そう、秋雄以外の人には。

「ふうーん、なるほどなぁ。風間さんの女性論、男性論はためになるなぁ」

向かいに座るのは、編プロでバイトをしている大学生のテッちゃんだ。

「それで、この二人には連絡したんですか」

「いいや。どっちも留守電になってた。携帯電話の番号も聞いたんだけど、二人とも『もうじき買い換えるから。また新しい番号が決まったらお知らせします』って」

テッちゃんは、ここで笑ったりはしない。ましてや、「そりゃ教えたくないから嘘ついてんですよ」などと突っ込んだりはしない。

いつでも穏やかで淡々としているテッちゃん。といって、大人しくなんでもはいはいと言いなりになっているのでもなく、皮肉めいた切り返しもすれば、さすがの秋雄も、ああなるほどねぇと感心してしまう箴言《しんげん》もぽつりと吐く。

一流どころではないが、そこそこの大学にいて、目立つほどの美男、今どきのカッコいいルックスでもないが、普通にモテて普通に女の子と付き合えそうな雰囲気《ふんいき》だ。文章や取材力、事務処理も、飛びぬけたものはないにしても、まずまずなんでもこなせる。

何より彼は、秋雄に対して素直なのだ。わざとらしいお世辞も言わない代わりに、生意気な態度も取らない。

そんなテッちゃんだが、秋雄はバカにしつつ信用もしていた。もっとも秋雄はすべての自分以外の男をバカにしているが、

「おまえそんな若いのに、夢ってもんがないんだよなぁ。いかにも飼い殺されるサラリーマンになりそう。女も適当、就職も結婚も夢も適当って感じ」

そんなふうにずけずけ本人に言えるほどだった。信用しているというのは、

「あいつは俺を尊敬しているんだ。あらゆる面においてな」

といった、これまた信用という名の勘違いと自惚れなのだった。

「あー、僕が直接聞いた訳じゃないんで、嘘か本当かわかりませんけど。噂《うわさ》です」

だから、テッちゃんが雑誌から顔をあげずに語り始めた噂とやらには、即座に「本当だろう」ポン、手を叩いてしまった。テッちゃんは、静かに違うページに目を落としている。

「高校ん時の同級生の父親が、わりと大手の出版社に勤めてんですけど。古林実希子、今ちょっとノイローゼっぽくなってんだそうですよ。カレシとも別れたばかりで男性不信、もう書けない、なんて泣いてるらしいです。ヘンなストーカーもいるみたいだし」

「本人の小説みたいだなぁ。ていうか、だいたいあの女、ストーカーさんおいでおいでって、誘ってるようなもんだもんな」

そこでテッちゃんは顔をあげて、真っ直《す》ぐに秋雄を見据えた。

「これも噂ですけど。古林実希子、一度だけ仕事で会った男が忘れられなくて、でもプライドや男性不信やらいろいろなもんが邪魔して、告白もできないらしいです」

「それってそれってそれって」

秋雄の長い顔が、ますます間延びしていった。興奮した馬そっくりになっていく。

「俺のことじゃねーだろな」

僕はそう思います。テッちゃんは雑誌をめくりながら、きっちりうなずいた。古林実希子が出ているページに戻す。しかしテッちゃんが見ているのは、仲村順子の顔だった。

＊

女子高、短大、化粧品会社。女の自惚れや勘違い、嫉妬はさんざん目《ま》の当たりにしてきた。でも自分は醒めていて、客観視もできる。これは自惚れでも勘違いでもない。いつでも周りにいた、みっともない女達。あんなものの仲間であってたまるもんですか。

「だけど仲村さんて、落ち着いてますよね。意外だな」

「私は醒めているんです。自分で冷静だなんて言う気はありませんけど。白けているのかなぁ。インタビュー中にも、そんな性格が出てるでしょう」

野暮ったく、もっさり田舎くさくて冴えなかったのに、有名人を平然とブスだブスだと笑っていたクラスメイト達。化粧や服でごまかしてるだけなのに、いっぱしのいい女気取りで、男の品定めばかりやっていた同僚達。

一人シャープな美少女だったリエちゃんだけが、「あんたらの方がずっとブスじゃない」と言い放った。順子はリエちゃんに傷つきながらも、リエちゃんになりたいと憧れた。あんな鋭《するど》い事実を突きつけてけろりとしていられるのは、やはり実力も備《そな》えた美人でなければならない、と。

「現に私は、自分がそんな美人じゃないのも知ってますし、大勢の同業者を飛び越えて出世するほどの才能があるとも思っていませんもの」

仲村順子はできるだけ冷静に、もっともっと醒めた女に見られるよう、言葉と態度を選んでいるつもりだった。もしかしたら、思い出の中のリエちゃんに向かって言い訳をしているのかもしれなかった。

「えー、そうですか。いや、あなたの言葉に反論しているんじゃなくて、僕から見れば充分に美人だし。それにこの前ほら、『週刊のんのん』に署名原稿を書いておられたでしょ。驚きと恐怖は違う、っていう映画評。あれすごく視点が鋭いし、ギャグも冴えてた」

だから、こんなふうに答えられるとますます動揺してしまう。さらに、自分を抑えなければならない。それでも、目の前の彼と話を続けたかった。もっともっと。正確には、彼の背後にいる古林実希子と。

「そんな。締め切りぎりぎりで書いたから、ちょっと雑なんですよ」

美人で聡明だったのに、あっさり主婦になって田舎に引っ込んでしまったリエちゃん。それはそれで立派だし、いい生き方だ。だけど私の偶像や目標や内なる声にはならない。

だから、実希子よ。実希子はいわば、よみがえったリエちゃんなの。

近所の中級ホテルのティールーム。順子は時々ここで原稿を書いたり、打ち合わせをしたりする。ここを指定したのは、順子だ。

「風間秋雄さんから、雑誌をお渡ししたいと連絡がいったはずですが、彼に急用が入ったので、代わりにうかがいます。僕は風間さんと同じ会社ではありません。古林実希子の事務所にいる者です」

……そんな電話がかかってきたのは、昨夜だった。風間秋雄、雑誌、そんな言葉にはほとんど反応しないどころか、「えっ、なんだっけ」と首を傾《かし》げた順子だったが、古林実希子の名前には、激烈といっていい反応をしてしまった。

もちろん、声や態度に表しはしない。努めて冷静を装い、ああ古林さん、お名前だけは存じてますが、とことんさらりと流した。しかし、どんなスケジュールが詰まっていてもこれが最優先だ、と受話器を握り締めた。

本来は、なるべくなら古林実希子との接触は避けた方がいい。実希子の関係者とも、関わらないに越したことはない。理由は、誰にも打ち明けられないけれど。

そもそも順子は、実希子を好きなのか嫌いなのか、未だに自分でもよくわからなかった。

書いてる小説はスカスカだとか、美人といっても作家にしてはという但し書きつきで、タレント一本でやっていけるほどのものじゃないとか、しょせんは女を売り物にするしかない、期間限定の商品、賞味期限つきの季節物じゃないか、そんな貶《けな》す意見も揶揄《やゆ》も多い。

逆にいえば、今はそれだけ注目されて売れているということだ。

引き換え、自分は。駆け出しのライターでしかない。新進のライター、注目の新人という紹介も、まるっきり嘘にはならないが。

そして、自分もまたライターにしてはという前置きをつけられるが、そこそこ可愛い容姿で知られているとしても。

世間の評価と、自分が実希子に下す評価は似ている。なんだあんな女とバカにしたい反面、いいなぁいいなぁと憧れたい。

ものすごく目障《めざわ》り。鬱陶《うっとう》しい。あの自信満々ぶりを笑ってやりたい。あんたなんかたいしたことないじゃん、鼻先に指を突きつけてやりたい。

でもでも。わぁきれいと本人の前で感嘆したり、握手してくださいと手を差し出したりしたい。あの薄い唇で冷たくせせら笑ってほしいし、あの黒目がちの目でじっと見つめられもしたい。あなたも可愛いわ、と囁いてほしい。

「目標なんです、古林実希子さんって。あらゆる面で」

木村哲也《きむらてつや》と名乗った、まだ大学生じゃないかというほど若い彼。順子は向かいに座る彼に、身を乗り出すようにしてしまった。そうすると、だんだん自分は本心から、古林実希子を好きでたまらない気持ちになってきた。

「もちろん、才能も実力も、それから容貌だって桁《けた》違い、最初から勝負にならないのはわかってます。でも、女ってそんな嫉妬心の塊《かたまり》じゃありませんよ。すごい、心底から感動できれば憧れます。半端《はんぱ》じゃない物を持っていれば、尊敬します」

二人の間にあるコーヒーは、そろって冷めていく。

「でも、古林さんに会うのは怖くありませんか」

「そりゃあ、憧れの人だから怖くはありますが」

やがて彼は、自分のカップを静かに持ち上げ、一口だけ飲んだ。なんでもないことのように、淡々と言った。

「このところ仲村さん、古林にいろいろ嫌がらせをしてたでしょ。夜中に呼び鈴鳴らしたり、ヘンなもの玄関ドアの前に置いたり」

あまりにもゆったり落ち着いていたので、一瞬は何を言われたかわからなかった。反射的にカップに手を伸ばし、持ち上げた指が強張《こわば》ってコーヒーがこぼれそうになって、順子はようやく「あ、あれは」かすれた声をもらした。

「逃げてくあなたを、僕はちらっと見てるの。なんか見覚えのある顔だなぁって瞬時に思いましたよ。僕の先輩がライターやってて、仲村さんのとこにも取材に行ってるんですよ。記憶にありますよね。ええ、そうです。風間です」

恐怖を感じるべき、だったろう。しかし順子は、真意が見えてこないのだった。目の前の彼は、自分を糾弾《きゅうだん》したいのか。事情を聞きたいのか。もっと何か、別の要求をしてくるのか。無理に、コーヒーを喉に流し込む。苦《にが》い。苦すぎる。

「風間が持ち帰った写真。その中に、あなたの顔写真がたくさんあって。雑誌に掲載される前から、僕は見てるんですよ」

「ご、ごめんなさい」

下手《へた》に言い訳《わけ》をするより、とりあえず素直に謝るべきだろう。カップを、図らずも大きな音を立ててソーサーに置いた順子は、頭を下げた。

「すごくすごく、好きで。好きな気持ちが、捩《ねじ》れて歪んだんだと思います」

「つまり、自分で醒めてるとか白けてるってのは、それこそ勘違いの自惚れだったたって認めた訳だ。リエちゃんは見抜いてたかもね」

あまりにも辛辣《しんらつ》な返事だが、順子はうなずくしかなかった。彼はきつい一言で順子を刺しながらも、まるで怒りも困惑も表していない。とことん冷静。いや、すべてを他人事のように、すべてを風景のように目の前を過《よぎ》らせている。

「直接、お会いして……謝らせてください」

きっと彼は、「いや、そんな必要はない」と答えてくれそうな気がする。だから、順子はさらに頭を下げたのだ。実際に実希子に会うなんて、絶対に嫌だ。逃げたい。

「そんなこと、しなくていいよ」

ここまでは、順子の予想通り、期待通りだったのだが。

「君、僕と付き合わない？　テッちゃんて呼んでくれていいし」

……これもまた、一瞬何を言われたのかわからなかった。彼はコーヒーを頼むのと、嫌がらせをしていただろうと聞きただしたのと、まったく同じ調子、同じ態度だったのだ。

「今までは実希子と付き合ってたんだけど、もう、飽きた。風間さんは最初からウザイやつで、でも笑えるからいじって遊んでたけど。こっちにも飽きたな」

不意に、テーブルに置いてあった彼の携帯電話が震えた。呆然《ぼうぜん》と携帯電話と彼を交互に見つめる順子の前で、彼はとことん変わらぬ態度で電話を受けた。

「あ、そう。警察来たの。もう引っ張っていかれた？　ははぁ、ストーカー行為の現行犯でね。キッツイなぁ。いくら風間が、『自分は古林実希子に惚れられている』と言い張ったって、そりゃ妄想でしかないでしょ」

とんでもない怖い話が展開している。それは、わかる。

「現に、実希ちゃんが怯《おび》えて嫌がって通報しちゃったんだもんねぇ。うん、わかった。すぐに行ってあげるよ。でも今、仕事中なんだ。もうちょっとだけ待ってて」

とんでもない怖いやつが、目の前にいる。それも、わかる。

電話を切った彼は、初めて順子に向かって微笑《ほほえ》んだ。

「安心して。古林実希子に嫌がらせをしていたのは風間秋雄、で決着したから。実刑はくらわなくても、プロダクションはクビだね。ああ、うまくいった」

一つだけ、聞かせて。順子はもはや逃《のが》れられない気分で、カップの冷えきったコーヒーに目を落としたまま聞いた。あなたの最終的な目的って、なに。

「ないよ。趣味ならあるけどね。その時々で、ウザイやつを退治。自分が可愛くてしょうがないやつら、僕の敵なの。憎《にく》くてたまんない敵じゃなく、とりあえず目の前にいる敵ね。近親憎悪？　まあね。だから潰《つぶ》していくのは、復讐じゃなくて、ゲーム」

この人をテッちゃんと呼ぶ関係になれば、どうなるんだろう。自分もいつか、ゲームとして潰されるのか。自分が可愛くて仕方ない、それだけの理由で。

秘密には至らない過去

ど、なんか作為っていうか、わざとらしさが透《す》けてんのよ」

そんな言葉をもらしたのは、松本真美だ。彼女だけだ。こんな女だから、潤子はなおのこと、「昔から名前だけは知っていた」とは言えないでいる――。

＊

美川料理教室主宰、美川智代のプロフィールは、こうだ。

何不自由なく育ったお嬢さんが、ちょっと世間も知りたいからと会社勤めをし、それもちろん名前の知られた企業で、マスコット扱いされながら受付や秘書といったものを務めた。その後、父親から大事に譲渡するように夫となる男に渡され、「ほんと主婦って大変。修羅場《しゅらば》よ」「小さな子供が二人もいると朝の台所は戦場よ」などと、本当に大変な人や戦地にいる人が聞けば激怒というよりは、もはや苦笑するしかないようなことばかり口にしつつ、本物の修羅場だの戦場だのを知らずに過ごす。

年をとっても、いつまでもお嬢様のようだといわれる。娘と息子は完璧に育て上げ、それぞれ有名大学から一流企業に入れた。当然、息子は出世し、娘はすぐに有望な男性と結婚して惜しまれつつ退職した。しばらくは長男夫婦と同居し、仲良くやっていたけれど、やはりそれぞれの生活をもっと自由に楽しみたいと、いわゆるスープの冷めない距離に別れて住むことになった。おかげで夫とは、新婚時代に戻れたよう。長男の一家とはしょっちゅう行き来して、孫にもお祖母《ばあ》ちゃまとは呼ばせない若々しさを保っている。

好きでやっていた料理の腕をひょんなことから認められ、教室を持てるまでになった。けれど先生ではなく、いつまでもサトヨさんと呼ばれたい。偉い人に思われたくないから先生と呼ばれるのを嫌がるのじゃなくて、先生と呼ばれたがるなんて、ガツガツ頑張《がんば》ってると見られるのが嫌なの……。

ここに来ている女は多かれ少なかれ、みんなこのような女だ。もしくは、こうでありたいと願っている女。とんでもない金持ちのご令嬢や有閑マダムはいないにしても、かなり金銭的にも時間的にも余裕のある奥様、お嬢様達。プチ智代といった感じか。

潤子も、そんな女達の一人だと思われていた。いや、思わせていた。智代に憧れ、自分だって智代の一味なんだと演じることで。

事実、潤子の夫は有名大学を出て、一流とされる商社に勤めている。三十になったばかりだが、すでに羨《うらや》まれる役職も得ている。子供はいないが、二人の生活を楽しんでいた。瀟洒《しょうしゃ》な高層マンションに二人で暮らし、そんな生活に相応《ふさわ》しい、こざっぱりとした印象の美人の潤子は、いつか本当に智代さんになれるんじゃないの、と奥さん達に思われている。

おそらくは、松本真美にも。

＊

潤子がなぜ松本真美の名前だけを、出会う前から知っていたか。

それは、もう五、六年も昔のことになる。かつて勤めていた風俗店の休憩室と呼ばれる、女の子達の待機場所にあったレディスコミックの投稿欄によってだった。

いわゆるファッションマッサージと呼ばれる、口と手で男に奉仕する仕事。ずばりの行為はしないまでも、裸になって性器をいじり、いじらせる職業。元はそんな仕事をしていたが、四十を越えて経営の方に回った通称ママが、そのレディスコミック誌が好きで愛読していて、毎号持ってきていたのだ。

当時はミカちゃんと呼ばれていた潤子は、ママに気に入られたくて暗い休憩室でそのレディスコミックを隅々《すみずみ》まで読み、ママが夢中の連載漫画をチェックした。客にも同僚の女の子にも必死にいい子を演じていたが、特にママには必死に従っていた。

当時、ヒモだったどうにもならないロクデナシの男よりも。

あの頃も今も潤子は、「その場で一番強い女」に弱い。暴力的な男よりもだ。

その雑誌には、投稿欄があった。エッチな内容から、ほのぼのとした子供の話題まであったのだが、毎回といっていいほど採用されている女がいた。潤子はその「松本真美」という名前を、すっかり覚えてしまっていた。

他にも、もっと高い謝礼をもらえる性の体験記とやらもあったのだが、松本真美の名前はそこでも時々見られた。その体験手記は、稚拙《ちせつ》だけれどかなりいやらしく扇情《せんじよう》的な、いやにリアルで生々しいものだった。

実際の松本真美を知る者が読めば、いわゆる萎《な》える、といった気分になるはずだ。潤子も密《ひそ》かに、「これがあれを書いていたのか」と、ため息をつくはめになった。

松本真美は、とうていそんな華麗な男性遍歴や派手な体験があるような女には見えない。病気や体質で肥《ふと》ったのではなく、いかにも欲望を抑えられずに食べすぎてだらしなく肥った体に、そこだけ不似合いな貧相といってもいい顔をしているのだ。

だが、当時は松本真美の容姿を知らない。ママに合わせるためだけでなく、密かに潤子は彼女の体験手記を楽しみにし、時には自慰《じい》のためにもつかっていたのだ。

「この松本真美ってすごい、いっつも出てますよね」

漫画にだけ夢中のママに言っても、ふうん、としか返事をしてくれなかった。ママは体験記は読んでも、そんな投稿欄までは見なかったのだ。

「作り話ばっかよ。そんないつも採用されるようなおもしろい話なんか、普通はないよ」

ただ、この台詞《せりふ》だけは奇妙なほどよく覚えている。ヒモだった男の顔も、指名してくれていた客のことも忘れてしまったというのに。

ママの言葉は後に、正しい予言であった、当たっていたとわかったことを差し引いても、その台詞は今もママの声色《こわいろ》とともにくっきりと思い出せる。

今から思えば「松本真美」の投稿していた内容は、ものすごくわざとらしい嘘くさい話ではないが、ちょっと作ったかなぁという程度におもしろおかしいものばかりだった。そこら辺の加減が、素人《しろうと》離れして巧《たく》みだったのだ。

だから、毎回採用されたのだろう。そして、だからプロの物書きにはなれなかったのだろう。とことん、素人にしてはおもしろいという内容だったのだ。と、これは今頃になって感じたことだった。

ともあれ。それからいろいろあって、過去をすべて捨て去り、潤子は生まれ変わった。もう目標とする女は風俗嬢から経営者に成り上がったママではなく、お嬢様から奥様になって先生にまでなった智代さんなのだ。そう、信じたのに。

「松本真美」という女に会った時、そうではないのを予感した……。

そうこうするうちに、その雑誌はいつのまにかなくなっていた。松本真美の名前ももう、見かけなくなった。もしかしたら別の雑誌に投稿していたのかもしれないが、今の夫と知り合って風俗からはきっぱりと足を洗った時から、そのような雑誌は手に取らなくなったのだ。

ママともかつてのヒモ男とも、円満にではないがどうにか縁は切ることができたのだし。

まさか五年後に、ちょっとだけハイソな料理教室などで出会えるとは。あの頃の潤子に教えてやれば、二重に驚くだろう。この少しファンの常連投稿者に出会える。そして自分は地味な風俗嬢から、いいところの奥様になっているなどと。

もちろん真美は、潤子がまさか元は高校中退の家出娘の風俗嬢とは、思ってもいない。二人を結び付けていたのは、今はもうないレディスコミックだけで、直接には何の関わりもなかったのだ。

ではなぜ潤子には、この松本真美があの松本真美だとわかったか。

平凡な、どこにでもいる名前だ。きっとネットで検索をかければ、有名人でもないのにどっと出てくるだろう。たとえばインターハイの陸上で優勝した松本真美さん××高校二年生、とか。コミカルな演技が人気の現役女子大生でもある舞台女優松本真美さんとか。

男女共同参画の社会を考えるフォーラムのパネリストの一人である主婦の松本真美さん（55）とか。編み物コンテストで入賞した松本真美さんは八十歳を越えた今も元気いっぱいの素敵な女性、とか。

きっとどんな検索をかけても、「かつてレディスコミック誌で常連投稿者だった松本真美さん（40）。今は美川料理教室に通う」というのは、出てこない。

そうして太田潤子、で検索しても、同姓同名の人々が無意味に無作為に出てくるだけで、この太田潤子はないはずだ。

もちろん、「かつてファッションヘルスなどで風俗嬢をしていたミカちゃん」も。

＊

ネットで検索しなくても、あの松本真美がこの松本真美だとわかったのは、三つ理由があった。一つは、おしゃべりをしている時に真美が語る話の中に、「何か聞いた覚えがある」という話がいくつも出てきたからだ。

「すんごいドブスの癖《くせ》に、『ああ、この歌を歌いながら当時付き合っていた五人の男に別れを告げたのよぉ』と恍惚《こうこつ》としてカラオケボックスのマイク持ってみんなの前でホラ吹きまくって、引かれまくった女がいた」「そいつすごいデブで、友達の女と海外旅行して市場でおそろいの服を仕立ててもらったのはいいけれど、受け取りに行ったら店員に『あんたはデブだから布がたくさんいった。そちらのお嬢さんの二倍払え』とたどたどしい英語で迫《せま》られた」といったものだ。

なぜか潤子は、くだらないこと、ささいなこと、つまらないこと、そしてそんな人々の方をよく覚えている。きっと、忘れ去る方が楽な重い出来事、苦しい人々が多くいたからだろう。あのせせこましくて暗い休憩室も、ドアの形まで覚えていた。

だから潤子は、嬉々《きき》として真美がそんな話をしてみんなの笑いや感嘆を誘っている間も、うっかり、あっその話なんか聞いたことある、と言いかけてすぐやめていたのだ。

「あら、私がどこかで聞くか読むかした話を、自分の話だと嘘ついて話しているとでもいいたいの？」

などと怒られてはかなわない。それに潤子も、どこで聞いた話だったかなぁとワインを手に素早く考えをめぐらせ、あっ、あのコミック雑誌だと気づいたからだ。まさか、どこで雑誌を読んだのとまでは追及されないだろうが、

「あなたみたいな奥様が、あんな下品な漫画を読んでいたの」

と聞かれるのは、避けたい。どこから綻《ほころ》びがでてくるかわからない。それは怖い。

いわゆるベタすぎて、それこそ投稿欄にも採用されないだろうが、潤子の知り合いも客として同僚だの元同級生だのがやってきて、風俗をやっているのがバレたとか、本当にあったのだ。

松本真美は、おしゃべりの場では主役だった。智代はおっとりしているので、さりげない自慢などはしても、私が私がとでしゃばってきたりはしない。他の奥さん達も、人の噂話ははしたない、下ネタなど論外の論外、といった人達だからだ。

真美は、話がおもしろかった。容姿に恵まれなかった女にありがちな、ハイテンションでその場の主導権を握る、といったところがあった。

どこまで本当でどれだけ脚色してあるのかはわからないが、

「学生時代から書評や評論で注目されてたし、大手の出版社にも何社も合格してたんだけど、卒業間際に大恋愛して、すぐ主婦になったの。もう書き物からは足を洗ったわ。だってつまんないもん。最近の本はおもしろくないし、語るに足る作家もいない。ま、そのうち旦那と趣味で編集プロダクションでもやろうかなって話はしてんの。うちの旦那、今はテレビ局の下請《う》け会社やってて、羽振りいいんだけど。本当は昔から文学を志《こころざ》してたの。それで私に惚《ほ》れたんだし。え、ペンネーム？　それは内緒。もう封印した過去だからね」

こんなことも吹聴《ふいちょう》していた。これが、あれっと思った二つ目の理由だ。レディスコミックの投稿欄とは絶対口にしなかったが、文章を書いていたとは認めたし、自慢もしたのだ。

潤子は本など読んだことがなかったが、夫の同僚やその奥さん達には本好きも多い。そのために、一応は会話を合わせるためベストセラーと呼ばれる本や、人気作家と呼ばれる作家は名前くらいは知っておこうとしているが、むろん誰も松本真美など知らない。ペンネームもまた不明だ。

「私、松本さんを知ってた。ペンネームでの書評や評論は知らないけど、本名でエッチな投稿をレディスコミックにしてたのは知ってる」

とにかくこれは、絶対口に出せない。今も潤子は、「その場で一番強い女」に弱いのだ。

しかし真美は、主役でありつつ敬遠もされ、微妙に浮いてしまうところもあった。最初の頃はみな、松本さんておもしろい、と慕《した》っていたのだが。

真美はいわゆる、マッチポンプ体質だ。自分で火をつけて騒いでおいて、また自分で火を消して、それが自分の手柄であるかのように吹聴するところがあった。お祭り好き、ともいえる。真美のせいで一時、教室はかなりヘンな雰囲気になったのだ。

たとえばA子にはB子があなたの悪口を言っていると耳打ちしておき、B子にはA子があなたの悪い噂を流していると真顔で伝える。そしてA子とB子が仲違いをすると、仲裁役を買って出てA子B子の両方から感謝されるが、すぐにバレて今度は両方から嫌われることになる。

また、誰かがささいなことで行きつけの店や、取引先の人とトラブルを起こしたとする。それをうっかり真美にしゃべったら最後、真美は正義の味方よろしく、その行きつけの店だの取引先だのに乗り込むか電話をかけまくり、その人達に言わせれば「マッチ箱くらいの話をコンテナくらいの話」にしてしまう。

結果、当の彼女は軽い気持ちで愚痴《ぐち》っただけなのに、行きつけの店や取引先などからは出入り禁止に近い目にあわされる。もちろんそれに関しては、真美は知らん振りだ。

そんなことを繰り返すうち、真美はすっかり要注意人物、となってしまった。

だが、奥様達が大人しいのと、教室以外では会わないということ、それに確かに会話はおもしろいし、真美がいれば座持ちするというのか、おしゃべりの場も盛り上がるので、

「あまり直接的に関わらない程度に、お付き合いはしましょう」

というふうになっていた。潤子だけが、ああやっぱり、あんなに投稿が採用されていただけあるなぁ、その場限りの人気は得られるんだと、感心していたのだが。

最初から真美に対して警戒心も抱いていたので、そんな被害にはあわずに済んでいる。

今も当たり障《さわ》りのない付き合い、適当な距離を持った態度で接していた。それは智代や、他の奥さん達に対してもだ。

潤子が無口で、人の噂をしないのは、自分のためだ。ワインについて詳《くわ》しくない、大学というところはどんなふうに授業を受けるのかも話せない、駐在員の生活も知らない。ならば、黙って微笑《ほほえ》みつつみんなの話を聞いているのが最も無難《ぶなん》だからだ。

もしも、誰かにこの過去を知られたら。その誰かというのが最悪の場合、真美なのだが。生きていけないとまでは追い詰められないだろうが、少なくともこの教室にはいられない。また、夫の知り合いや会社にどのように伝わるかは、想像しただけで身震いがする。

夫は、すべてを知った上で交際を申し込んでくれ、結婚しようといってくれたのだ。なぜなら夫は、酔った勢いでこんな店に初めてやってきたという、客だったからだ。

最初はお互いに遊びのつもり、食事なども店外デートといった雰囲気だったのだが、いつしか彼の方が本気になっていた。潤子は彼をお坊ちゃんでエリートと知って、手練手管《てれんてくだ》で誘惑したのではない。

彼に好意は持っていたが、最初から本気の付き合いはしてもらえないとあきらめていたので、かえって自由に自然体で振る舞えた。それが彼にはよかったのだ。

両親は、「すべて隠して結婚しろ」といった。「これからもずっと」と。前者の言いつけの方は、夫の親や親戚、同僚、結婚してから知り合った人々に対して守りとおした。後者の言いつけの方も、守る気だが……。

この松本真美があの松本真美とわかった理由は、もう一つある。それは、智代によって知らされたのだった。

＊

ここの生徒は順番に、智代と一緒に後片付けと掃除、下ごしらえなどを行うのが通例だった。潤子の番になった時、ふとした拍子に真美の話になった。

先生ではなく主婦、サトヨさんと呼ばれたいと公言している智代だが、教室ではきちんと先生として、むやみに生徒の噂話などはしない、というのは貫《つらぬ》いているようだった。ところが、潤子が無口で、他の奥さんのように他人の噂もしないし自分語りもしないのを、

「口の堅《かた》い、何かしゃべっても黙っていてくれる人」

と勘違いしたらしい。下ごしらえも済んだあたりで、智代の方から話を振ってきた。

「松本真美さんて、学生時代から書き物で注目を浴びて稼いで、でもきっぱりと捨てて主婦になった、それからは主婦が楽しくて毎日のんびりと趣味を楽しんでいる、働いたことなんかない、みたいに言ってるけど」

その日は、カレーを作る予定になっていた。カレーなど教えてもらうものではないと思われそうだが、ルウも市販のものではなく丹念に小麦粉を炒《いた》めるところから始めるし、隠し味にエスプレッソコーヒーをいれたりもする。

しかし用意というのは簡単なもので、二人は教室の隅のテーブルに座って、智代の作ったクッキーでお茶をしていたのだ。

突然に松本真美の話題になって、やや潤子は身構えた。

「実は私ね、この教室で会うよりも先に、松本さんに会ってるの」

ただそれだけのことを智代は、いつものおっとりした口調で言ったのに。また、智代に妙な意図などはなく、話し始めたのもわかってはいたのだが。潤子はかなりドキリとし、クッキーが喉につかえそうになった。

まさか智代までが、怪しげな場所でレディスコミックなど読んでいたはずはないだろうが。へえ、それは意外ですねと、潤子は努めて平静に小首を傾げて見せた。

「私がまだ、息子夫婦と同居してた頃ね。今とは違うマンションにいたんだけど。そこにいつも、乳酸菌飲料を配達してくれる会社があったの。Yってわかるわね?」

名前を出され、ああ、と潤子はうなずいた。Y。そこは有名なメーカーで、店舗もあるしスーパーや商店でも売っているが、パートの女性がバイクや小さな車で、注文してくれた家々を配達して回る直販が主力となっている。

彼女達はYレディーと呼ばれ、実は潤子もその仕事をしてみようかと考えたこともあったのだ。当時一緒にいた男に、「そんな安いバイト代で俺の借金返せるのかよ」と吐き捨てられ、風俗の方に流れたのだが。

「松本さん、あれやってたわよ。うちの嫁がいろいろ買ってて、いつも配達に来てたのね。私はたいていリビングなんかにいて、応対したことがないから、松本さんの方は私を覚えてないのよ。私はちらちら、松本さんを見てたわ。だってあの特徴のある大声と、あの覚えやすい容姿だもの」

智代の意地悪そうな顔を、初めて見た、と思った。

「もちろん、乳酸菌飲料の配達がどうこういってるんじゃないの。ちゃんとしたお仕事だわ。でもね、自分で何不自由なく遊び暮らしていた、学生時代から文章で注目されていた、大手の出版社にも受かってた、という奥様がやる仕事としては少し不自然でしょ」

軽い目まい、そしてときめきを覚えた。ひょっとして、隠したい過去を持つのは自分だけではないのか。それと、素敵な智代も人の子、普通の女。真美を嫌いなのだ。

しかしあくまでも潤子は、「教室での潤子」を装《よそお》う。それこそ、何不自由なくこれまでを過ごしてきた、働く必要などなかった、ましてや風俗店になど何の関わりもなかった奥様として、可愛らしく控えめに相づちを打っていればいいことだと。

「何不自由ないなら、そんな高給でもないバイトをする必要はないし。それほど文章に力と自信があるなら、そっちで身を立てればいいじゃない。それにあれほど自慢したがりの人が、自分の文章が載《の》った本とか見せてくれないのはどうしてかしら」

ここで潤子は、抑えられなくなった。「その場で一番強い女」に逆《さか》らえない気持ち。そもそもは、風俗店のママに気に入られたくて、必死にママ愛読のレディスコミックを隅々まで読んでいたのではなかったか。

「あの、ここだけの話ですけど」

潤子は伏目がちに、誰もいない教室を見回してから言った。

「私じゃなくて、私の友達が昔こっそり読んでいた、その、ちょっとエッチな雑誌があるんですが。ええ、私はそんな雑誌知らないんですけど。彼女に何気なく『松本真美さんておもしろい人がいる』っていったら、『その名前に覚えがある』というんです」

不意に、あの休憩室がありありとよみがえってきた。自分の姿ではなく、客の顔でもなく、やっていた行為でもなく。あの暗くせせこましい部屋が、鮮《あざ》やかに。

「なんていうか、その、毎号毎号、エッチな投稿をしている、ちょっとした有名人だったらしいんですよ。でもその年代はちょっとずれてるんですよ。とうに松本さんは学校を出ている年頃ですね」

「あらっ、あらっ、じゃあやっぱり、文章がそこそこ書けたっていうのは本当でも……何不自由なく暮らしていた奥様、きっぱりと筆は折ったというのは嘘だったのね。結婚してから、謝礼目当てにせっせとそんなもの書いていたんじゃないの」

謝礼目当て。あっ、と潤子は小さく呟いた。あの頃はただ単に、この松本真美は文章を書くのが好き、ちょっとした目立ちたがり屋くらいにしか思ってなかったのだが。

もしかしたら、結婚した当初は夫の会社がうまくいかず、かなり困窮していたのかもしれない。その頃、乳酸菌飲料の配達もやり、せっせと投稿もして小金を得ていたのだ。

無論《むろん》、それは世間的には「いい話じゃないの」となるだろうが、真美としては、隠したい恥ずべき過去なのだろう。

なぜかここでむらむらと、潤子は真美に対する意地悪な気持ちが湧いてきた。

もしかしたらそれは真美を痛めつけたいのではなく、過去の自分への復讐、もうどこにもいない、消してしまったからこそ愛《いと》しくも憎い昔の自身を突ついてみたい、といった加虐とも自虐ともつかない感情なのかもしれなかった。

「わあ、それ読んでみたいわ。今から手には入らないかしら」

「大丈夫ですよ。バックナンバーをそろえている古本屋も探せばあるでしょうし、雑誌ばかり所蔵している図書館なんかもあると聞いたことがありますよ。私、内緒で探してみます」

智代は、大いに喜んでくれた。奥様でも先生でもなく、ただの意地悪な主婦の顔で――。

だから、その日の料理教室も楽しかった。潤子は智代と秘密を楽しみを意地悪を分かち合い、誰にも見透かされはしなかったけれど、二人して真美をいじめたのだ。

「あら、よくできました。この炒め方は絶品ね。真美さんて文章もうまかったというだけあって、感性が繊細なのね」

と智代は真美を誉《ほ》め殺した後、ちらりと潤子に目配《めくば》せまでしてくれたのだから。

さっそく翌日、潤子は張りきって近郊にある図書館に出かけた。そこは智代にも話したように、雑誌ばかりを所蔵してある。あんなレディスコミック雑誌まであるかどうかは不安だったが、ちゃんとあったのだ。

懐《なつ》かしくも嫌な、あの雑誌の数々。自分の封印したい時代のバックナンバーを探していく。松本真美の名前は、容易に探し当てられた。覚えのある内容も、へぇこれは読んだ覚えがないなぁ、忘れてた、というのもあった。

ふと、そんな中の一つが目に留まった。

『……私、今ちょっとバイトで配達をしているのですが。そこの一軒に怖い噂があるんですよ。いつも応対してくれる若い奥様が突然、亡くなって。なんでもしまい忘れた布団を取り込んでて夜中にベランダから転落したっていうんだけど、仲の悪かったお姑《しゅうとめ》さんに突き落とされたんじゃないか、って噂になったんですよ。もちろん、事故だったと処理されたから警察沙汰《ざた》にもならず、そのお姑さんもお咎《とが》めなしだったんだけど。すぐにそのマンションを出てったの。まあ、普通はあんまりそんなことがあった部屋にはいたくないだろうけどね。そのお姑さんて前々から、ちょいとヤな感じでしたね。なんか私を、まるで身分の低いものみたいな目で見て、絶対に玄関に出てきてくれないの。ちらりと見たらかなりきれいなおばさんだったんだけどなぁ』

あれ、これって……。もちろん、投稿謝礼を目当てに書いた作り話なんだろうけれど。配達のバイト。若い奥さん。奥から出てきてくれなかったきれいな姑。なんとなく、なんとなく符合しているではないか。そう、智代とだ。

まさかとは思いつつ、それはそっと仕舞い込み、別のを取り出した。そちらには、例のエッチな体験手記が出ているし、いつか真美が教室で語って智代も笑っていた、同じデザインで仕立ててもらったのに自分だけデブだから二倍の布代を請求されたという、これはおそらく本当の自身の体験ではないかという内容の投稿が出ていた。

それをコピーして、翌日の教室に持って行った。その際、危険かもしれないとは感じたが、そっと手渡しながら智代に聞いてみた。

「あの。ふと思ったんですけど。息子さんの奥さんは、お料理教室の手伝いに来られないんですか？」

あら、これがその雑誌のコピーね、ぅわあ楽しみ、と屈託《くったく》のない笑顔で受け取りながら、智代はその笑顔を崩《くず》すことなくさりげなく告げた。

「実は息子の嫁は昔、事故死しているの。いいお嫁さんだったけどねぇ。可哀相《かわいそう》に」

どこも磨《みが》きたてられ、広々とした清潔な教室が、一瞬あの暗い休憩室に見えた——。

永遠の盛夏

初夏といえば爽《さわ》やかで、晩夏といえば物悲しくて。なら、盛夏はどうだ。盛夏は盛りの夏ではあるけれど、初夏よりも晩夏よりも、刹那《せつな》の響きがある。春には置いてきぼりにされ、秋には遠ざけられた、冬より寒い季節――。

＊

「初夏も晩夏もないの。盛夏、だけ」

ヤヨイはバッチャン焼きと呼ばれる、ベトナム独特の染め付けがされた陶器の碗《わん》を軽く爪《つめ》で弾《はじ》いた。ちん、と淋《さび》しい音がする。そう、盛夏の音だ。今は冬だけれど、確かにどこか盛夏の音がした。

「ベトナムがどこか淋しいのって、永遠に盛夏だからだよ」

「そうかな。永遠に盛夏なら、賑《にぎ》やかで陽気な国だろう」

向かい合わせに座るタケヒコは、333《バーバーバー》という名前のベトナムビールの缶を弾いて、答えた。薄いアルミ缶は、ちん、とは鳴らない。

大胆に簡略化され図案化されているのに、あの国に咲いている花を克明に写し取った、赤い花模様。盛られているのは、鶏の米麵。フォーと呼ばれるベトナムの麵。その中でも代表的な麺料理だ。あちらの言葉では、フォー・ガー。

「ベトナム語って、本当に発音が難しいのね。牛肉の麺はフォー・ボー・タイー、南部のホーチミンで名物の豚骨麺は、フー・ティウだっけ」

「いい発音じゃないか」

「そんなことない」

簡単な米の麺。麺そのものに味はない。汁も、濃厚ではない。きついのは、香り高いのは、麺が見えなくなるほど入れられた香草。

さほど広くはない店内には、他に三組ばかりの客がいるだけだ。昼食と夕食の中間くらいの、半端で曖昧《あいまい》な時間。輸入ものではない、国内で栽培された香草はベトナムのそれよりも、どこか優しく淡い。香りも、味も。

「通じなかった？」

「そうよ。これは日本人の発音。わたしがどんなに頑張っても、あっちの人には通じなくてね。いろいろおもしろいこと、悔しいことがあった」

「騙《だま》されたり、得したり？」

「その時は騙された、って思っても、後から笑い話になったり。その時は笑っていたのに、後から考えてみればすごく腹立ったり」

「……何事も、そんなもんだよな」

今ヤヨイとタケヒコがいるのは、盛夏のホーチミンの食堂ではない。晩冬の東京のベトナム料理店だ。ガイドブックの巻頭に出るような洒落《しゃれ》た高級店ではないが、在日ベトナム人しか来ない小さな食堂でもない。

実はタイやインドネシアのものだったりするが、それらしい籐製《とうせい》の椅子やテーブルが据えられ、ウェイターもウェイトレスもアオザイと呼ばれる長い衣に薄い下履きという、独特の民族衣装を着ている。だが、気楽にOLがランチを食べに来られる値段設定だ。香草も控《ひか》えめであり、味付けは日本人好みにしてある。

「唯一、フォー・ガー、だけはなぜか通じたの。この、鶏の麵ね。だからそんなに好きで好きでたまらないって訳じゃないのに、いつもフォー・ガーを食べてた。来る日も来る日も、よ」

「どのくらい、ベトナムにいたんだっけ」

「正確に何日、とは覚えてないなぁ」

「ガイドつきツアーじゃなくて、バックパッカーだったんだもんな」

「うん。リュックかついで。ベトナムには二ヶ月くらいいたかかな」

「勇気あるっていうか、物好きっていうか」

「そうかな。たくさんいるよ、そういう人。東南アジアって危険もあるけど呑気《のんき》だもんね。カンボジアもタイも、ミャンマーも。飛行機で越えた国境もあるし、バスで越えた国境もある」

ヤヨイは短大を出て勤めた会社を三年で辞めて、東南アジアを半年くらいかけて回る旅に出たのだ。そして、半月前に帰ってきた。別に薄汚れてもいなかったし、何か特別なきらめきを身につけてもいなかった。

お土産はないけど、近所のベトナム料理店でおごってあげると誘われ、タケヒコは出てきた。同期入社だが、タケヒコは四年制の大学卒なので二つ年上だ。それでも、口調は同級生。二人は恋人同士、とまではいかない。といって、ただの元同僚とも片付けられない仲だった。一度だけ、ほんの弾みで寝てしまったことはあるのだ。

激しい後悔もなければ、そこから発展して交際が始まりもしなかった。ヤヨイは短大生の頃は普通にカレシもいたというが、卒業後はカレシと呼べる男はおらず、特に欲しいとも思っていないようだった。

「高校生の頃から淡泊だった。来るもの拒《こば》まず去るもの追わず、ってやつね。いい寄られたら応えるし、別れようと突き放されれば黙っておうちに帰るよ」

酔った勢いで寝てしまった、その翌朝。ヤヨイの部屋のベッドの上で、そんなふうに淡々といわれたのだ。ヤヨイもタケヒコも裸のままで、間の抜けた顔をしていた。

実はタケヒコには、ほとんど半同棲に近い生活をしている相手がいた。やはり同じ社の後輩で、アユミという。これはよほど親しい同僚でなければ知らなかった。

タケヒコは、ヤヨイと寝た後で多少は苦しそうに告げたのだが、ヤヨイは怒りも泣きもしなかった。あっそうあのコ、ふうん、と心底どうでもよさそうに呟《つぶや》いただけだった。だから今、二人でベトナム料理を食べているところを知った人に見られても、妙な噂などは立たないだろう。……多分。

「アユミちゃんかぁ。意外なような、腑《ふ》に落ちるような。でも可愛いよね、あのコ」

意外に豊満な乳房を出したまま、あくびすらしながら微笑んだヤヨイ。しかしその直後に辞表を出し、東南アジアに発《た》ったのだ。

もしかして自分が原因か、やはりヤヨイは強がっていただけで本当はカノジョがいたことに打ちのめされたのではないかと、タケヒコは密かに気を揉《も》んだのだが、ヤヨイが旅立ってしまえば、あれは夢だったのかなと、たちまち現実感を失った。

アユミとヤヨイとはもちろん面識はあるが、まさかタケヒコとただ一度だけとはいえそんな関係になってしまったことなど、想像もつかないらしい。ヤヨイは良くも悪くも目立たない社員で、いい評判も悪い評判もなかった——。

「これは、ゴイ・クォン」

不意にヤヨイは、猥褻《わいせつ》な笑い方をした。透き通った米の春巻皮からは、海老と韮《にら》とコリアンダーが透けている。

ベトナム料理の代表のようになっている、生春巻。ここのは日本人向けに、香草の量と種類を控えているとヤヨイはいうが、タケヒコには充分に異郷の味わいと匂いだった。ヤヨイはどこか官能的な口の動きで食べている。

男性器に似ているといった冗談は、いってもいいものか。ただ一度寝ただけで。ヤヨイはくわえてくれた、と思い出す。アユミはその行為がとても嫌いだった。タケヒコもそんな乱暴な強気の男ではないので、無理強《じ》いはしない。アユミがいつもより感じてノリのいい時だけしてくれるが、それもおざなりだ。

ヤヨイは自らしてくれた。風俗嬢のそれのような巧みさはなかったが、その分この行為が好きなんだな、いや、俺のことを好きなのかな、と思わせる真摯《しんし》さがあった。今そのヤヨイは、あの時と同じ口のすぼめ方と舐《な》め方で、生春巻を食べている。

「ゴイ・クォンね」

少しだけうろたえて、タケヒコは答えた。この生春巻皮のように、心を透かして見られているような気もした。

今日の料理はみな、ヤヨイが選んだ。ラオ・ムーン・サオ・トイは空芯菜《くうしんさい》のにんにく炒め。ヌックマムと呼ばれる調味料の魚醤《ぎょしょう》は、すべてにつかわれている。永遠の盛夏の味かと思えば、盛夏の淋しさが少しはわかる。

「だけどさ。改めて聞くけど、なんで東南アジア?」

「わたしは自分を変わり者だと思ったことはないし、変わり者に見られたいと願ったこともない。美人だと自惚《うぬぼ》れたこともないし、ブスだと卑下したこともない。誉《ほ》められたいという欲も、何と思われてもかまわないという投げ遣《や》りさもない」

初めて聞くのではない、台詞《せりふ》。もしかしたらこれは、ベッドの中でも聞かされたのではなかったか。冷静に自分を見ているんだな、とその時のタケヒコは思った。確かな欲情とともに、ヤヨイを愛撫している最中だったのに。

「別に、アジア好きが変わり者とはいってないよ」

「そうね。うん。特に、意味ないんだよね。強いていえば、ブランドもんにはあまり興味ないし、ヨーロッパの文化やアメリカのカルチャーにも憧《あこが》れみたいなもんはないから、かな。もともと、アジアのご飯が好きだった、っていうのもある」

「モリモトさんて、わりと消去法の人生だよな」

一度寝たくらいでは、ヤヨイ、とは呼べない。会社でそう呼んでいたように、姓の方を呼ぶ。モリモトさん、と。ヤヨイもクドウくん、と呼ぶ。そうだ、あの最中もそう呼んだのではなかったか。ふたたびタケヒコは、あの日の欲情がよみがえるのを覚えた。

学生時代の友達に会っていたと、アユミにはいえばいい。もしヤヨイさえその気になってくれれば、今夜もう一度したい、とタケヒコはまたヤヨイの口元を見つめる。

だが、ベトナム人は水代わりに飲むという333ビールは、アルコール度数が低い。半ダース飲んでも酔えそうにない。こちらから誘わなければ、いけないだろうに。

「そお？」

タケヒコの欲情を知ってか知らずか、ヤヨイは口調は醒めているのに目線はどこか絡み付くものを持っていた。

「あれやりたい、これ欲しい、じゃなくて」

「いわれてみれば、そう。高校も短大も会社も、絶対に入りたいところじゃなくて、入れるところにしたもの」

「男も、だろ」

タケヒコは模様の褪《あ》せた長い箸をふと中空にとめて、いった。ヤヨイは、それには返事をしなかった。なのに、唇は濡れている。

「でもね。ベトナムで、これだけが欲しい、と身悶《みもだ》えするものがあった」

いを覚えた。

「このわたしが、男に執着するなんてね。初めてよ」

エアコンのそれではない、生暖かな風。タケヒコは首筋に吹き付けられて、少しだけ酔

「なんだよ」

＊

初夏は爽やかな季節じゃない。わたしにとって嫌なことはたいてい、初夏に起こるもの。たとえば父が会社を潰《つぶ》したり。好きでもない男と初めて経験したのも、この季節。晩夏は物悲しい季節よ。妹が自殺したのも、可愛がってた犬が轢《ひ》き逃げされたのも、この季節。こんな話、どうでもいいよね。クドウくんには。

盛夏は、いいわ。楽しいことと嬉しいことは、いつも夏のさなかに起こる。でも、あまりにも一瞬すぎて。刹那すぎて、ちゃんと覚えていられない。それくらい、短い時よ。

だからわたしは、盛夏が続く東南アジアに発った。日本を発ったのも盛夏だった。クドウくんとのことは、盛夏の思い出よ。春には置いてきぼりにされ、秋には遠ざけられ。ベトナムはよかった。永遠に盛夏というのは、真実だった。近隣のカンボジアやミャン

マーもそうだったけど、わたしにはベトナムこそが盛夏の国。

……ハノイも行ったけど、居着いた格好になったのはホーチミンだった。果実と汚濁と陽光とコーヒーと警笛とモンスーンの風と。わたしは永遠に夏服を着ていられる街に溶けてなくなりそうだった。なくなりたかった。

ファングーラオ通り、っていう、有名な安宿街があるのね。一泊十ドルから泊まれるから、バックパッカーが集まってる。ガイドブックではだいたい、聖母マリア教会から車で五分、みたいな紹介をされてるかな。

初めてそこに行った日のことは、よく覚えてる。バイクタクシーの後部シートに座ってたの。通りすがりに見た商店街に洋品店があって、びっくりするほどきれいな男と、ごく普通のベトナム女がいた。

男は立ってて、女は座ってた。男は風を見ていて、女は虚空を見ていた。でも、瞬時に二人が濃く深く愛し合っているのはわかったの。

だけどバイクの後ろに座ったまま振り返ってみたら、男の方はマネキン人形だったの。女はただ退屈そうに、客を待っているだけだった。

どうして、あんな熱烈な狂おしい恋人同士に見えたのかな。わたしが、そういう相手を欲しいと熱烈に願っていたから？　それとも、もっと違う何かの惑わし。

……安宿を転々としたのはね、トラブルがあったからじゃない。怪談の一つのパターンとして、あるでしょ。

たとえば喫茶店に三人で入ったのに、ウェイトレスがお水を四つ運んできて、あら？　もう一人髪の長い女の方がいたでしょう、というのとか。タクシーに一人で乗ったのに、運転手がいつまでもドアを閉めないから、どうしましたかって聞くと、あれれっ、黒いコートの男の方があなたに続いて乗り込んでくるように見えたんだけどな、と答えられるとかね。

あれよ。あれ。怪談としては陳腐《ちんぷ》でも、当事者になるとこたえる。宿のベトナム人にも他のバックパッカーにもいつもいわれたの。

お連れの方は、って。

それがね、いつも同じなの。痩《や》せて浅黒いハンサムな若い男、だって。わたしにいつもついてくる男は。どうやらベトナム人みたいよ。

冗談でも、頭おかしくなってるんでもないわ。ほら、わたし冷静でしょう。

とにかく。どこに行ってもいわれたの。ホテルだけじゃない。食堂でも、土産物屋でも市場でも、道端でも。

わたしにだけ、見えないの。それも、その手の怪談の定番、かな。

でも、そういう怪談の場合はたいてい、心当たりっていうのはあるでしょ。たとえば、自分が捨てて自殺してしまった元の恋人だとか。自分が殺した人だとか。同窓会に来るのを楽しみにしていたのに事故死してしまって来れなくなった、元のクラスメートとか。

わたしの場合、まるで心当たりがなかったの。ベトナムで恋人なんかできなかったし、特に深く付き合った男もいないし。

何より悔しいのが、そう、怖いじゃなくて悔しいのが、みんな口をそろえて美男だいい男だハンサムだ、っていうことよ。

そんないい男が他人には、私の恋人として映っているんだよ。なのに肝心のわたしには見えも触《さわ》れもしないなんて。

ただ一つわかったのが、彼はフォー・ガーが好きなんだということね。そう、今食べているこの鶏の麺。牛でも豚でもなく、鶏が入っているこれを彼は好きらしい。だって食堂では何を注文しても、これが運ばれてきたの。二つね。

……そんなある日。永遠の盛夏の、真昼。わたしはあの洋品店の前を通りかかった。マネキンがなくなってた。女だけが所在なげに、いつか見たのと同じ格好で物憂《ものう》げに椅子にかけていた。

わたしは片言の英語で聞いたわ。マネキン片付けましたか。

女は答えた。片言の英語で。マネキンなんか置いていたことはない、って。あれはマネキンじゃなかったんだな。といって、生きた人でもなかった。あれは……なにものであるかはわからないけど、わたしについてきたものよ。

それからわたしはすぐにカンボジア領事館に出向いて、ビザをもらった。お金は乏しかったけど、バスではなく飛行機で隣のカンボジアに飛んだ。

別の国に行ってもそのものはついてくるのか。早く逃げたい気持ちと、確かめたい気持ちとがあったの。

領事館でも空港でも飛行機の中でも、お連れは？　と聞かれることはなかった。プノンペンにはベトナム人もいっぱいいてベトナム人の食堂もあるんだけど、わたしが行ってももうフォー・ガーは一杯しか出てこなかった。

そうなると、奇妙なもんで、淋しくなったわ。現実に恋人にふられて捨てられて独りぼっちになった、そんな感じよ。

クドウくんはどう？　見知らぬ、姿の見えない何者かと二人でいるのと。独りぼっちでいるのと。どっちがいい？　どっちが不安？

わたしね、また来月から旅に出るわ。えっ、もちろん東南アジアよ。ていうか、ベトナムに行きたい。今度こそ、彼に会うの。あれはわたしの恋人よ。今度こそ、会えると思うし。ちゃんと、見えて触れると信じてる。

資金？　わたし帰国したすぐに、風俗に勤め出したんだ。さらり、と告げるのに限るねえ、こういうのは。××町だよ。わたしはそんな美人じゃないけど、わりとあそこらって熟女系が多いじゃない。若いってだけで売れっ子なんだよ。

一応は本番は禁止ってことになってる店だけど、交渉次第ではさせる。もちろん、どんだけ払ってくれるか次第よ。

目をつぶってりゃいいんだもん。目をつぶっているとね、今わたしの上に乗っているのはもしかしたらベトナムの恋人なんじゃないか、ってうっとりできる時があるの。白デブのオヤジだったはずなのに、浅黒くて痩せた若い男に舐められている、吸われているって気持ちよくなる。

だからわたし、絶対に目を開けない。白デブのオヤジが目に入ってがっかり、だからじゃないよ。本当にハンサムなベトナム人がいたら、さすがに少しは怖いじゃない。彼には東京の風俗店なんかで会いたくない。ホーチミンの街角で会いたいもの。

思えば、お金を取らずにセックスしたのはクドウくんが最後だったなぁ。

なんなら、お店の方に来てよ。クドウくんなら、ただとはいわないけど、規定の料金で本番もさせてあげるから。

なに、その顔。クドウくんはわたしのカレシでもなんでもないじゃない。元同僚ってだけ。彼女ともうまくいってんでしょ？　傷つくこともせせら笑うことも、心配することも、何もしないでいい。

おいしいでしょ、これ。やっぱり日本のベトナム料理の方がおいしいなぁ、なんて思ってしまうけど。あのきつい香草も、ちょっと不潔な店も食器も、懐かしい。やっぱりいいわ、盛夏の国。

恋人に、会いに行くんだ――。

＊

食後の飲み物は、タケヒコは独特のアルミのフィルターでいれるベトナムコーヒーを頼んだ。カフェ・スア。あらかじめグラスには濃厚なコンデンスミルクを注いでおき、フィルターに深煎《い》りのコーヒーの粉をいれてから湯を注ぐ。蓋をして、コーヒーの雫《しずく》が緩慢に落ちていくのを待つ。

ヤヨイはチャー・チャン・ドゥオン。ベトナムの蓮茶に蜂蜜《はちみつ》とレモンをいれたもの。そして、バイン・フランと呼ばれる濃厚なプリン。

「いつ出発?」

「きっちりとは、決めてない」

「そんな焦《あせ》らなくてもいいだろ」

「焦ってはないけど」

「日本だって、夏は来る」

「でも、初夏や晩夏が嫌なの」

「盛夏、だけか」

「そうよ。わたしが欲しいのは、盛夏だけ」

「日本にもいい男はいる、ていっても行くか」

「……わたしが欲しいのは、あの見えない男だけ」

「幻とか、幽霊とか、日本にはない季節とか」

「そんなもんばっかり、追ってるっていいたい?」

「いや」

それから二人は、一緒に店を出た。勘定は、ヤヨイがもった。それからヤヨイの勤めているという店ではなく、ヤヨイの部屋に行った。あまり物がないのに、雑然とした雰囲気の部屋だった。

「お金は使い果たして、土産なんか何も買えなかったわ」

服を着たまま低いベッドに横たわり、ヤヨイは笑った。だが傍《かたわ》らのテーブルには、あのアルミのフィルターがあった。それだけだった、ベトナムのものらしいものは。こびり付いたコーヒー滓《かす》が、どこか乾いた血に見えた。

「あのさ。少しは俺のこと、好きか」

「なんでそんなの気にするの」

タケヒコも服を着たままベッドにあがり、軽くヤヨイを抱き締めてから、どこか独《ひと》り言のようにいった。ヤヨイは恋人のようにではなく仕事のようにタケヒコの服を脱がせ、自分も脱いだ。

以前は真っ白だった体に、夏服の形の日焼け跡があった。首筋と腕は南国で焼かれた色合が褪めていない。乳房の白さがその分、生々しくなっていた。

「いや、礼儀として、というか」

「バカね。……お金は、いらない。これも、おごり。っていうので、答えになるかな」

ヤヨイは仰向《あおむ》けになったタケヒコの足にまたがって、丹念に舐めてくれた。タケヒコは目を閉じ、ヤヨイの髪を撫でた。ヤヨイは愛《いと》しげにではなく、おいしそうに舐め続けた。生春巻を食べる時の口の形で、鶏の麵をすする時の舌づかいで、プリンをすくい取る時の歯のあて方で。

最後に、底にたまったコンデンスミルクをすするように、体液をすすってくれた……。

「行くなよ」

背を向けて着替えているヤヨイに、そういいかけてやめた。二度目なのにすっかり慣れた体で、懐かしい体だった。帰りぎわにも接吻をしたら、香草のきつい匂いがした。不快ではなかった。乳首を吸っても、その匂いがまつわっていたのだから。

——それからヤヨイは知らない間に、旅立ってしまっていた。タケヒコは、ついにヤヨイが勤めているという店には行かなかった。

しばらくしてから、ホーチミンのネットカフェからです、というメールが届いた。彼に会ったとも会えないままだとも書いてはいない。ただ観光をしています、アオザイも作ったしシクロにも乗って、普通の観光だよ、といった他愛《たあい》ない内容だった。

それから音信不通のまま、初夏になった。嫌なことが起こると嫌った季節だ。アユミと部屋でテレビを見ている時、ホーチミンの商店街で火災、外国人観光客も多数が死傷、というニュースが流れた。

アユミは知らん顔だった。ヤヨイのことは知らないのだ。今、ベトナムにいることも、タケヒコが二度ばかり寝ていることも。

何日後だったろうか。再びあのニュース映像が流れた。身元のわからない遺体が二体あると。国籍は不明だが、若い男と女だということだ。

それからタケヒコはしばらくの間、喫茶店やタクシーでウェイトレスや運転手に、

「あれ？　お連れのお二人さんは」

と聞かれるのではないかと背後が気になったりしたが、そんなことはなかった。ただアユミが別れたい、といってきた。

「自分でもよくわかんない。初夏だなぁ、って気付いたら、なんだかすごく虚《むな》しくなって。別れたい、と思ったの」

とだけ呟いた。盛夏になってもそんな楽しいことはないだろう、と予感したタケヒコもまた、素直にうなずいていた。

おそらく晩夏になっても、ヤヨイの消息はわからないだろうな、とも予感しながら。

あまり聴きたくない歌

＊

あの頃の私はバカだったよねぇ、といえば、なんだか今はおりこうになってしまっているみたいだ。あの頃の私は毎日が楽しかったよ、などといえば、今の生活がそんなに無残なのかという感じがする。

あの頃の私はバカだった。そして、今もバカ。あの頃の私は毎日が楽しかった。今だって楽しい。……それなりに。

だったら、あの頃あの頃といわなければいいのに。わかっている。でもあの頃はと、つい口にしてしまう。

ちょっとは語ってもいい、あの頃があるから。

——十五年くらい昔だろうか。バンドブームというものがあった。猫も杓子《しやくし》も、そんなクラシックな懐古をしたくなるほど、バンドを組むのが流行《はや》った。バンド専門雑誌も続々と創刊されて、メンバー募集の欄はにぎわった。

当時の状況を象徴する言葉の一つに、「ボーカル以外のすべてのパート募集！」というのがある。つまり自分は楽器は何もできない、でも一番目立ちたいからボーカルだ、その他のメンバーはアタシを俺様を盛り上げて、という訳《わけ》だ。

これまた雨後《うご》の 筍《たけのこ》のように、といった死語をつかいたくなるほど、毎日どこかでバンドが組まれ、デビューしていった。本当にバンドで活動したいミュージシャンもいたけれど、大半はブーム乗っかりの人達だった。

普通に歌手で売り出してもいいけど、バンドにした方が今はいいだろうと、判断したりされたりでデビューした人達。アイドルで、ピンで売るにはちょっと厳しいかなぁという子も、何人かまとめてバンドという形態にすれば、それなりの場を与えられた。

素人《しろうと》バンドの公開オーディションをやって、何週か勝ち抜くとプロデビューできる。そういったテレビ番組も作られ、高視聴率となった。優勝できなくても、いっとき人気を博したバンドやメンバーもいた。

そこから何組もメジャーデビューしていき……今残っているのは、一つもない。バンド専門雑誌も軒並み消えてしまった。ボーカル以外のメンバーすべて募集！　と声をかけた人達も。

私もまた、その番組からデビューした一人だった。本名、村木悦子《むらきえつこ》。芸名、ＥＫＫＯ。

あの頃の私はバカだったよねぇ。あの頃の私は毎日が楽しかったよ。……。だけどＥＫＫＯは、あの頃だけに生きているのではない。今も密《ひそ》やかに、生きている。消えているのに、消えていない。

＊

まったく、音楽の素養がなかった訳じゃあない。子供の頃ピアノも習っていたし、中学時代はブラスバンド部に所属して、木琴《もっきん》なんか可愛《かわい》らしく叩《たた》いていた。高校に入ってからは、当時のカレシに影響されてロックを聴くようになった。なったけれど、自分で演奏するほどの腕前も情熱もなかった。

カレシだった幸弘《ゆきひろ》は、大学生のお兄さんやその友達とバンドを組んで、ベースを弾《ひ》いていた。時々ライブハウスにも出ていたし、文化祭なんかではそれなりにキャアキャアもいわれていたのだ。私はそのカノジョという位置で、まあ満足だったということ。

彼は、自称硬派だった。筋を通し、言葉と歌には信念と責任を持ち、バカといわれてもやりたいことはやるぜロック魂《だましい》の人だ……と、これらは他人の評価ではなく、すべて自称していたものだ。

今から思えば、自惚《うぬぼ》れとプライドをごっちゃにした単なる狭量の人なのに、それらをみんな硬派、で言いくるめていたというかごまかしていたというか、勘違いしていたのだ。

彼も私も。周りのみんなも。

ただ世間の大人さん達は、ちゃんと正しく幸弘を見ていた。音楽ではとうていモノにならないだろう、それで食っていくなんて無理、そもそもバンドブームは続きはしない、と。やはり大人を舐《な》めてはいけない。年齢だけは大人になった今、しみじみうなずく。

今はあいつも年齢だけは大人のはずだが、どこでどうしているものか。まず、ろくな大人にはなっていないだろう。私と同じで。

「それとこれとは別」

これは、カノジョは私だけれど、バンドのメンバーとしては亜矢《あや》の方が大事なパートナーだ、という意味で始終いわれていた。胸糞《むなくそ》悪い、しかし懐かしい口癖。

バンドには当時、短大生だった女が一人だけいてキーボードを弾いていた。のっぺりした顔にちまちま小さい目鼻の、ブスとはいわないまでも美人とはいわれない顔立ちの、亜矢という女。体もなんだか扁平《へんぺい》で、どこがどうヘンとははっきりいえないのに、バランスの悪い印象だった。肝心の音楽の才能も、高校の文化祭でならまあまあかな、程度。

なのに自意識は美人、いい女、一般人とは違うのヨ、ロックやってるイケてるアタシ。似合わない金髪に厚化粧で、ぺたんこな体に露出度の高い派手な服は、なんだか無残という感じだった。目のやり場に困るというのはこれかぁ、とも思った。

なにより当時から亜矢は、幸弘の女気取りだった。ライブをやる会場や楽屋、練習している貸しスタジオなんかに行っても、私は露骨に意地悪された。他のメンバーもその辺りはわかっていて、かばってくれたし慰《なぐさ》めてもくれた。

「大丈夫だって。幸弘はエッちゃんの方を取るに決まってんじゃん」

こういってはなんだが、私は校内ではちょっと派手な子として知られていて、可愛いと他校でも噂されていたのだ。自惚れ勘違いばかりではない。付き合いたいという男の子は途切れなかった。整理券を配るほどではなかったにしても。

バンドのメンバーにも、ウケは良かった。それこそ、あの頃までは。

あの頃は、といういい回しをここでもつかうと、本当におばさんの昔自慢になってしまうが。街を歩けばエッチなバイトばかりではなく、芸能関係のスカウトもよくされていた。街で見かけた可愛い子として、雑誌にも何度か載《の》せられた。

「私って可愛いんだ。美人なんだ」

浮かれるのでも傲慢《ごうまん》になるのでもなく、しみじみと嬉しく自覚した。あくまでも素人レベルでというのは、後々いやというほど思い知るにしても。

私は、彼が例のオーディション番組に出たいというので、急遽《きゅうきょ》バンドに加わった。木琴なんかじゃない。といって、いきなりギターも弾けない。だからバックのコーラスとい

うかダンサーというか。要は、

「野郎ばっかりじゃ華《はな》に欠ける。可愛い女の子がいた方が審査員の目も引く」

という、メンバーではなく彩《いろど》りの役柄。自称硬派の幸弘も、これは賛成した。

「目立つのもロック」

例によって、都合のいい自分だけの理屈と言い訳で、亜矢はもちろん強硬に反対したが、他のメンバーに押しきられてしまった。練習中も、一言も口をきいてくれなかった。もとから、ほとんど口はきかない仲だったけれど。

「野郎ばっかりって。あたしは女じゃないの？　あたしだって女よ」

それは、かえって悔《くや》しくて口にできないようだった。口にすれば、自分が「華」ではないのを認めさせられるからだ。

――そうして私達は、番組に出た。あまりにもあっさりと、敗退した。出演したバンドは、全部で五組。つけられた点数は、下から二番目だった。

最下位になったバンドは、ウケ狙いのためにボーカルの男がパンツ一枚になり、それも脱ぎかけて審査員にストップかけられたのだ。演奏はそこそこだったから、彼らがヘンな真似をせずにちゃんとやっていれば、間違いなく最下位はうちだったはず。

私以外のメンバーも、うっすら気づいたはずだ。そう、幸弘以外は。

ちなみにその時優勝したバンドは後にメジャーデビューして、人気ドラマの主題歌を歌ったりした。いっとき売れて、数年で解散した。準優勝したバンドは、今も地道にライブ活動を続けている。最下位のバンドは、……知らない。

「相手が悪かった。運が悪かった」

これだけで、敗退の理由はすんだ。

なのにその後、番組のディレクターやテレビ局のなんだかわからないオヤジ達に、私だけ連絡をもらったのに関しては、

「おまえが良かった。運が良かった」

とはいってもらえなかった。

寄せ集めの女の子、全部で五人。キーボードにギターにベースにドラム。それから、ボーカル。私は「セクシーアイドルのバンド」で売り出されることになったのだ。

バンド名はアノアノ・ガールズ。はなから、バンドではない。これまた当時は大量生産されて、バンドと運命やら末路やらをともにしたセクシーアイドルグループだ。

私がボーカルになったのは、歌がうまかったからじゃない。バンドのための楽器が何にもできなかったからというのと、胸が大きかったからだ。

みんなひらひらぺらぺらしたピンサロの制服みたいな格好をさせられたが、特に私の胸

元の開きは大きかった。後の子達も、胸の大きさを除けば似たり寄ったりだった。普通に可愛くて、普通に芸なしで。

芸能事務所に所属はしていても、ピンでアイドルとして売り出すのはちょっと厳しい子が二人。別のオーディション番組に出ているところをスカウトされたのが一人。本気でギター弾いてバンドをやって、そちらでのデビューに向けて頑張っていたのに、無理矢理こっちに引っ張って来られたのが一人。

最も上昇志向、芸能界志向のなかった私がいきなり一番目立つパートを与えられて、グループ内に一人も仲良しはできなかった。むしろ、仲間はずれにされた。私に意地悪することで、彼女らはいろいろなバランスをとっていたのだ。

それでも私は、頑張ったというよりは芸能界の片隅にしがみついた。歌ではなく胸の谷間を見せ付けるため、前かがみになって歌った。

幸弘は、私のデビューが決まるのと同時に亜矢の方に行ってしまったのだ。

「それとこれとは別」

初めてふられるという経験をして、そっちの方が衝撃だった。

彼らもまた、私の悪口をいいあって、傷ついた自尊心を舐めあった。本当に傷ついたのは自尊心じゃなく、自惚れだったのに。

その後の二人が、同棲したところまでは知っている。正式に結婚したのか別れたのか、今も同棲中なのか、それは知らない。知りたくもない。間違いなくいえるのは、もう下手な歌は歌ってないだろうということ。

芸能界に居残りを続けたのは、彼らを見返したいとか、このままじゃ終われないといった、ナニクソ感ではなかった。あの頃の狂騒と競争は、今もってよくわからない。たぶんテレビに出るようになると、ちやほやのされ方が変わったからだろう。セックスの相手も大人になって、お金もつかってもらえるようになった。業界ではあたりまえのようにつかわれていた、クスリもその時覚えた。

最初のレコード、そう、CDではなくレコードも少しヒットした。そうして、すぐに仕事はなくなった。それは当然だし仕方ない。私だけでなく他のメンバーも、賞味期限付きの可愛さだけで、長持ちする芸も何もなかったのだから。

あの歌は今も、細々とカラオケで歌われているらしい。歌う男は、おまえアイドルオタクだったのかと少し笑われるようだ。

私は絶対、歌わない。過去を封印したいからじゃない。無料では歌わない、それだけ。

アノアノ・ガールズにいた二人は、ほとんど売り物にはならないのに元アノアノを売り物にヌードになったが、なっただけで終わった。一人はアノアノが開店休業状態になる少し前、コカインで捕まった。執行猶予はもらっても、田舎の実家に戻らざるをえなかった。アノアノのメンバーが捕まったのは、当時もほとんど話題にはならなかった。最後の一人はあっさりと、学生時代から付き合っていた男とできちゃった結婚して引退した。ベースをつとめていたその子は、演奏する楽器と同じく地味な存在で、今では顔も名前も思い出せない。

そして、私は。実は今も、アイドル商売なのだ。三十も半《なか》ばだというのに。あの人は今、といった番組からも無視されるような知名度なのに。

クスリで茫洋《ぼうよう》とした頭の中、考える。

あの頃というやつは、なかなか本当の意味でのあの頃になってくれない——。

＊

あの頃は気持ち悪いというより怖かった、熱烈なファン達。ほぼ大部分がオタクっぽい、いかにもいかにものアイドル追っかけ。

安いアクセサリーなんか送りつけてきて、次には「もうファンじゃなくなったから返せ」と内容証明を送りつけてきた粘着質。自宅を突き止めて、ごみ袋や干してある下着を持ち帰ったストーカー。「僕はEKKOではなく村木悦子さんと真剣な交際をしたいのです」と、実家にまで乗り込んだやつ。実際は何もなかったのに、私との仲が噂になった二流どころの俳優を待ち伏せして、「これをEKKOちゃんに突っ込んだのか」とジッパー下ろして舐めて逃げて行った変態。

総じて、リアル世界の女の子には相手してもらえそうにないのばかりだったのに、何人かは今ではエリート、金持ちになっていたのだ。

彼らもまた、あの頃は、という語りをしたがる。あの頃はバカだった、あの頃は楽しかったと。彼らは、立場が逆転しているからだ。EKKOで自慰をするしかなかったのに、今ではEKKOを好きにできるのだから。彼らにとってはむしろ愛《いと》しい、かっこ悪かったあの頃。あの頃への復讐とご褒美《ほうび》につかわれる、私。

私はそんな彼らに、今も食べさせてもらっている。今もアイドル扱いをしてもらっている。さすがに、ロック歌手扱いをしてくれる男はいない。

下手でも嘘でも、一番目立つボーカルをやっていてよかった。他のメンバーには、私よりずっと美人もいたのに。彼女達は、元アノアノを売り物にできないのだ。事実上、あれは「EKKOとその他のアノアノ・ガールズ」だったのだから。

世間一般では、バンドブームやセクシーアイドルグループとともにアノアノは忘れ去られて消えてしまっていても、ＥＫＫＯだけは生きている。生かされている。

生きているというよりは、ＥＫＫＯは幽霊なのかもしれないと、思う時もある。幽霊にしては、いろいろ生の欲望がありすぎるか。

彼らが会社や公共のイベントや個人的なパーティーに、元アノアノのＥＫＫＯとして呼んでくれる。私はそこで、ちょっとヒットしたデビュー曲を歌う。

『あまり聴きたくない歌』。ボーカルが下手なのを逆手《さかて》に取ったというのか、開き直ったというのか、媚《こ》びたというのか。

彼らが私の音程のはずれる箇所をさらにはずして合唱してくれると、ありがたさと惨《みじ》めさに泣けてくる。その刹那《せつな》だけは、身内は味方はファンはあなた達だけよ、と叫びたくなる。

親とはすっかり、疎遠になっていた。かつてはちょっとした自慢の娘だったのに。表舞台の仕事がなくなって、親にいわせれば「ほとんど売春婦じゃないか」という境遇になってからは、死んだも同然の扱いをされるようになっていた。

起死回生とやらを、狙った時期もあった。地道にＯＬや主婦になりたい、なろうとした頃もあった。しかし結局は、このざまだ。いくら「元アイドル」といい張っても、「ほとんど売春婦じゃないか」という現状は確かなものがあった。

それでも私は、元アイドルとして生きられる場所が欲しい。

……昔のEKKOの歌を歌っている男達は、純粋にアノアノのEKKOとして会うだけで喜んでくれる男と、ベッドも求めてくる男とに二分された。

それから、妙なショーやパーティーに出演させる男も。すべて「ファン」には変わりないから、すべてに「アイドル」として笑顔をふりまいてやる。彼らはEKKOの幽霊には、欲情してやるのが最大の供養《くよう》と信じている。

＊

先日、そんな男の一人に仕事を頼まれた。妙なショーに分類される仕事だ。

吉田《よしだ》という老《ふ》け顔の貧相な彼は、自称評論家の自称芸術家。実態は四十を越えた今も、会社経営の父親に食べさせてもらっている、高等なプーとでもいうべきものだった。

彼らのネットワークは、すごい。とうに切れたり潰れていたりする事務所やレコード会社をたどり、EKKOに連絡をとってくるのだ。

知り合って、もう二年近い。彼には親愛や愛情など欠片《かけら》も持ってないが、上得意様という特別感は最初から抱いている。

かなり熱烈なアノアノのファンというよりマニアだったようで、私でさえなくしてしまったポスターや、忘れてしまっていた雑誌記事なども持っていた。メンバーの中で一番地味で目立たなかった、ベースの子の出身地まで知っていた。

あの頃、かなりいた変態っぽいファン。あの中に、こいつはいたんじゃないか。最初はそう感じて気味悪かったけれど、とにかく金をつかってくれればお客様だ。多少の変態でも変人でもかまわない。

今までにも何度か、金銭的にはいい仕事をもらっていた。仕事の数だけ、ベッドもともにしていた。もちろん、これは別料金だ。

吉田は元が坊ちゃん、オタク、モテナイ君だったので、派手な女と派手な遊びはしない。気に入った女との付き合いはヘンなところは妙に濃くて、でも肝心なところは踏み込まない踏み込ませない、そんな関係がいいのだ。まさに、アイドルとファン。

「芸術なんだから」

ロックなんだから。どことなく、幸弘に似ていた。姿かたちではなく、自意識の持ちようなどが。わかるやつだけわかってくれりゃいい。そううそぶきながら、実は自分が一番わかってない、というあたりなどが。

スケベ心とエロ心を、芸術だロックだと安易にいい換えているだけで、自覚がない分、両方ともバカで可愛いといえばいえた。

させられるのは、限定された客の前でのほとんどストリップショー。

小皺は美容外科の注射で消し、もともと売り物になるほど大きかった胸は、さらに食塩水パックを入れて整えた。その裸をさらして例のデビュー曲を歌ったり、ソフトに女の子と絡む場面を見せたりするのだ。

吉田によれば、すべて芸術だった。場所を、海に浮かべた廃船や、廃墟となったラブホテルの一室や、特別に借りきった深夜の遊園地などにしているからだ。さらに、吉田のへたくそな絵やオブジェで周りを飾っているからだ。まったく、量販店で百円均一で売っているような芸術だった。幸弘のロックと同じく。

ところが吉田は、ついに男と絡むところをショーにしたいといってきた。

「今までのも良かったけどさ、今ひとつインパクトに欠ける、そういう意見が出ているんだよな。俺もいっちょ、衝撃的なのをやりたい気持ちあるし」

「あっちも裸でしょ」

「そりゃそうだよ。芸術だもん」

打ち合わせという名目の交渉場所は、吉田の住む街の、上の中あたりのランクのホテルだった。ここが一番、秘密が守れるとやらで定宿としていた。

さすがに自宅には招かれない。彼には、実家が金持ちで年上の奥さんがいるそうだ。子供はいない。私にとっては、本当にどうでもいいことだ。

ホテルでの打ち合わせといっても、もちろんラウンジやロビーではない。彼がとった部屋でだ。たまに、アノアノふうの衣装を着せられたりもする。彼は忠実に再現した、アノアノの衣装を持っていた。EKKO用に、ちゃんと胸元を大きく開けてある。

「本番は、嫌よ」

私の提示した条件は、あっさりしたものだった。とにかく、本番だけは嫌。だって痩《や》せても枯れてもアイドルなんだから。腐《くさ》っても元アノアノのEKKOなんだから。

「じゃあ、いわゆるスマタはどうよ」

さっき一度目を済ませて、シャワーを浴びて、ソファでルームサービスのスパゲティを食べてワインを飲んでいる時、提案されたのがそれだ。ちなみに吉田は、セックス自体はノーマルというのか、普通の範囲内でおさまっている。

しかし、スマタのどこらあたりが芸術なのか。テーブル越しに、それでも媚びた目つきで見上げてやる。

「私、それって得意じゃないよ。ていうか、やったことないもん」

スマタの意味とやり方くらいは、知っている。でも、やったことはない。あんな小技をつかうくらいなら、本番の方が簡単だ。ただし、あくまでもプライベートでは。ショーとしてだったら、本番は避けたい。

さすがに、そこまでやれば後は歯止めがきかなくなるんじゃないか、という怖さがあった。少なくとも、アイドルではなくなる。もうアイドルじゃない、元アイドルじゃないかという意見も聞こえてくるけれど、私としてはぎりぎりで踏みとどまっていたい。

「じゃ、ここでやってみよう」

吉田はどの程度かはわからないが、変態なのは間違いない。ずっとアイドルにしていたEKKOを、その気になれば愛人として囲える立場となったのだ。なのに、人前で裸にしてあれやこれやをさせて、見世物にして恥ずかしがらせて嬉しがっている。

もっとも、私も吉田を男として好きになった覚えなんかないし、この先も愛するなんてあり得ないから、かまわない。

「えーっ、さっき終わったばかりなのに。元気ねぇ吉田さん」

「元気じゃなくても、できるだろ。これは」

吉田は、スパゲティに添えられていたオリーブオイルの小瓶を取った。バスローブを羽《は》織《お》ったままベッドにあがると、手招きをした。私はグラスのワインを一気飲みすると、同じようにバスローブを羽織ったままベッドにあがる。

仰向《あおむ》けに寝かされて、軽く膝を立てさせられる。バスローブははだけて、食塩水パックを入れてあるために、寝ても乳首がそろって天井を向く胸も丸出しになった。そういえば、プライベートなビデオにも出させられた。こいつではない、別の社長さんに。際《きわ》どくもセクシーでもない生活感あふれる下着姿で、延々と家事をさせられるだけのビデオ。その社長さんもセックスは要求してくるが、ビデオではオタク童貞少年の、アイドルへの憧れが展開されるだけだった。あの社長さんにとってのあの頃は、どんな頃か。

……やや開いた膝の向こうに、吉田の顔がある。醜《みにく》いとまではいかず、老け顔とはいえ凡庸な顔立ちだ。なのに、どこかが歪《ゆが》むか欠損している輪郭《りんかく》だった。何度会っても、見知らぬ人に見える瞬間がある。

その顔を崩さず、ひざまずく彼は私の真ん中にオリーブオイルを垂らして擂《す》りこんできた。ぬるぬるとした感触は、不快と快感の微妙なところにあった。

「くすぐったい」

甘えた声を出して身を捩《よじ》ると、快感が不快をやや押しのけた。吉田にいじられて、膝だけではなくあそこもだんだん開いてくる。

アイドル時代に覚えたことはいろいろあるが、そんなに好きでない男とのセックスの方が気持ちいい、というのもあった。もちろん、嫌でたまらない男は苦痛なだけだが、こっちが上位に立てる、ややバカにできる男の方が、思い入れのある男より乱れられた。何でもしてやれたし、させてやれた。

「こんなもの、いらなかったかな」

太腿《ふともも》まで、ぬるぬると濡れて光っていた。すべてオリーブオイルなのかどうか、私にもわからない。吉田がかぶさってきながら、半ば硬くなった陰茎を押し当ててきた。挿入は、しようとしない。ただ、こすり付けるだけ。

きつく股を閉じるようにうながされ、吉田のものをはさみこみながら背中にも手を回す。どちらの息遣いも、荒くなる。

「うまいじゃないか」

AVやエロ漫画みたいに、挿《い》れて、といいそうになる。でも、まだ挿入できる硬さにはなっていない。吉田は左の耳たぶを噛みながら、囁《ささや》いた。

「巧《うま》いよ。でも幸弘くんとは、やってなかっただろ。誰に教えてもらったの」

幸弘。確かに吉田は、そういった。私はたいして動揺も驚きもしないふりをして、吉田に陰部をこすられ続けた。きつく、腿を閉じ続けた。挿れてほしい、やっぱり。

あの頃から。といっても、どのくらい昔のあの頃かは、はっきりしない。私は自分の周りに、自分の中に、鈍《にぶ》い膜のようなものを張った。傷つかないよう、気づかないよう。すべてどこか安手の舞台やセットやステージにいて、非日常のアイドルを演じているように。

何があっても、激しく傷ついたり驚いたり絶望しないように、努めて鈍い幸せな状態に浸《ひた》れるように自分をもってきた。

さすがに、吉田の口から次の言葉が出たときは、一瞬動きは止まった。

「今度のショーには、彼も呼んだ。俺はＥＫＫＯのことはなんでも知ってるよ。昔の彼氏より、ＥＫＫＯ本人より。ただし」

そこで吉田は完全に硬くなり、動きを止めて私を絞め殺すように抱きしめてきた。だけど挿入はしない。それは、腿の間でひどく熱かった。

「相当、姿が変わっているよ。昔の彼氏じゃない。というより、人間に見えないほど」

なぜか私はうっとりと、『あまり聴きたくない歌』を口ずさんでいた。

＊

まさか吉田の口から、幸弘の名前が出てくるとは思わなかった。しかも、こんな状態の時に。変質的な私のファンで、そんなことまでというような過去まで調べている男。

「幸弘くんが、いくら昔のカレシでも」

吉田は陰茎を硬くして、私の閉じた陰部をこすっている。でも、挿入はしてこない。焦《じ》れているのでも欲情しているのでもなく、ただ力を入れて股間ではさむのが疲れたからいっそ挿入してほしい。

元アイドル、アノアノ・ガールズのＥＫＫＯとそのファン。としてではなく。元アイドルを売りにしている愛人と、金で自由にしているオヤジ。私達の関係はそれ以上にも以下にもならない。

吉田はやっぱり、ヘンだ。「お得意様」だから、多少のことには目をつぶるつもりだった。というより、そもそもこいつに何も思い入れはないから、四十過ぎて父親に食べさせてもらっている身分や、自称芸術家の高等なプーである実態や、ヘンな顔というほどではないが老けてどこか歪んだ輪郭の顔など、どうでもよかった。

「変わり果ててる。幸弘くん」

だけど。私ですら忘れていた高校時代のカレシの名前を出されては、驚く。とはいえ、私も昔の唯一の小ヒット曲、『あまり聴きたくない歌』など口ずさんでしまったのだから、充分にヘンだろう。最近の自分は壊れ気味。自覚ありだ。

「腐乱死体でもバラバラ死体の一部でも、身内が見ればわかるじゃないか」

吉田は動きを止めた。合わせて、じっとする。陰茎は熱いまま、陰部にあった。気持ちよくてあそこも開いていたから、先端だけが私の中に潜り込んでいる。

「でも、幸弘くんは無理だな。それくらい変わってる。ＥＫＫＯにはわからない」

私は、固まる。吉田は呻《うめ》き、絞め殺される声を出した。絞め殺される人なんて間近《まぢか》に見た覚えはないのに、本当に絞め殺される声なのだった。

「人間とは思えない姿なんだから」

吉田は力を抜いて、私にかぶさってきた。太腿にまで、ぬるぬるとした体液が伝わってきた。目を閉じて、必死に幸弘の顔を思い出そうとする。……できなかった。

＊

吉田は「別料金」としてお金を置いて出て行った。イベントで歌わせたり、ヘンなショーに出したりといった時はちゃんと出演料をもらう。

ベッドはまた、別になっている。元アイドルは、こういうバイトができるのだ。いや、もはやこれが本職だ。

ぼうっとしたまま、家に戻った。とにかく、ゆっくり休憩したかった。吉田は決して、自宅には連れて行ってくれない。当たり前といえば当たり前だ。家には金持ちで年上の奥さんがいるというのだから。

吉田の家と私の家は、車で一時間ほど。都内の高級住宅地の一戸建てだという。本当に、どうでもいい。私の家はかろうじて二十三区内、マンションと呼んで呼べないこともないアパートの二階、1DK。

どこぞの社長さんに買ってもらったのではない。大勢のファンに支えられて、といえばきれいだが、本当にそのとおり。昔は暗い粘着質オタク、今はそこそこ金持ちや小エリートとなった彼らのうちの何人かによって得たお金で、借りられているのだ。

ここに連れてきて手作りに見せかけたインスタントの料理でも出せば、彼らはあっけなく他愛《たあい》なく感激してくれる。次の営業につながる。

「あのEKKOが、こんな倹《つま》しい生活を。あのEKKOが、手料理を」

中には、もっといいマンションを借りてやろう買ってやろうと言い出すのもいたが、丁《てい》重《ちょう》にいじらしくお断りしていた。

私はまだ、アイドルのつもり。アイドルでいたいのだ。一人のスポンサーではなく、大勢のファンにいてほしいのだ……。

せせこましくて貧乏くさくて散らかってる、賃貸の部屋。日当たりがいいだけが取り柄《え》。でも、それは重要だ。

私はアノアノ・ガールズがダメになった頃、ちょっと男と揉めていて、ほとんど隠れるようにウィークリーマンションに住んでいた。およそ一ヶ月。

逃げている、隠れている、あいつが怖い、という状況よりも、部屋が嫌だった。真昼でも電気をつけなければ、暗くて漫画も読めなかった部屋。なんとも陰鬱《いんうつ》で憂鬱《ゆううつ》でたまらなかった。外に出て、あそこに帰ると思っただけで、牢獄というものを想像したし実感した。

粘着なファンからカレシに昇格したやつで、やっぱり小金持ちの息子だった。そいつと交際中に別の男ができた。つまり二股をかけてしまった。

もう一人はそれこそ幸弘みたいな自称ミュージシャン、収入は月に三万円もあればいい方だったから、小金持ちの方から引き出してはミュージシャンの方に貢《みつ》いでいたのだ。バレて、「結婚詐欺《さぎ》で訴える」と騒がれたのだ。もちろん、ミュージシャンの方も面倒はごめんだと、とっとと逃げてった。

「あの頃からかなぁ」

散らかり放題のフローリングの床に座り込み、錠剤をビールで飲み下す。ヤク中というほどじゃない。だが、もう手放せない。

幸弘のことは考えない。いずれ会うのだ。会ってどうなる。初めて私をふった男。だから印象に残っているというだけ。歴代のカレシの中には、もっとかっこいいのも、もっと悪いのも、もっと強烈なのもいた。でも、すべてこちらからふった。ふられたから覚えているだけじゃないの。

それに、こんな仕事を引き受けるくらいだから、間違っても出世はしていないだろう。バンドで、音楽で成功したという話も聞かない。亜矢と同棲はしていたみたいだけど、結婚したかどうかも知らない。

幸弘の方は、絡む相手が私だと知らされているのか。……なんとなくだけど、吉田は幸弘には教えてないような気がする。なんとなく、なんとなくだ。情も恋心も愛着も何もない吉田だけど、一年も付き合えばだいたいの行動や性格は見当がつく。

吉田も、何かに復讐したくてたまらない、誰かを見下したくてたまらない、自分は特別だと信じたくて仕方ないやつなんだ。私や幸弘と同じく。どうやって調べたかはわからないけど、幸弘が私の昔の男と知って、誘ったんだろう。ともに見下せると期待して。

この錠剤はダウナー系で、興奮したり暴れたり高揚《こうよう》したりはしない。あーあーいい気持ち、幸せだなぁと、ダルい幸福感に満ちてくるだけだ。このまま死んでもいいほどに。死んだら困る。いや、困らないか。

まだ夏の名残《なごり》がある、季節。午後のフローリングは温まっている。冷房が苦手で、エアコンは一応ついているけど扇風機しかつけない。一番弱くしてスイッチを入れ、寝転がった。幸弘についていては、極力考えないようにする。

「今の方がましかなぁ。あの頃私はバカだった。今もか」

独り言はあまり口にしない方がいい。こういう一人暮らしだと、独り言は癖になる。そうして、その癖はけっこうヤバい方に向かう。と教えてくれたのは、誰だったか。もう名前すら曖昧《あいまい》になっている、中年女のマネージャーだったか。

「EKKOは戻れるなら、いつに戻りたい?」

楽屋でこんなふうに聞いてきた人は、覚えている。アノアノのメンバーにいた一番地味なベースの子だ。できちゃった結婚して、ひっそり引退した子。名前も思い出せないのに、その会話は覚えていた。

「アノアノに入った頃かな」

「ふうん、後悔してんだ」

「後悔……じゃないよ」

幸弘に誘われて、バンドのオーディション番組に出て。かろうじて下から二番目と採点されたけど、実際は最下位だったと、今は冷静に振り返れる。

でも、幸弘達はそうは思えなかったらしい。

さらに、私だけ別口でスカウトされてセクシーアイドルグループの一員になった。それもまた、幸弘達は許せなかった。

幸弘がというより、バンド仲間からカノジョに昇格した亜矢という女が最も強く。幸弘のカノジョの村木悦子が憎らしい、悦子が妬《ねた》ましいというのを、「あいつはオヤジに媚《こび》売って」「一人だけ抜け駆け。自分さえよけりゃいいやつ」とヘンな正義感やモラルに摩《す》り替えて、傷を舐めあっていた。

「ううん。やっぱり、アノアノより前のカレシに会った頃に戻りたい」

私は、そう吐き捨てるように答えたはずだ。するとベースの子は、ちょっと意地悪な目つきで聞き返してきたのだ。これも覚えている。

だいたい私は、急ごしらえ、寄せ集めのグループの中でも浮いていた。ただ胸が大きいというだけで一番目立つボーカルの座を与えられた私は、彼女達のいじめの標的、欲求不満の捌《は》け口にもなっていたのだ。

そんなにエグい意地悪や、耐えられないいじめなんかはなかった。というより、私も黙ってやられているタマではなかったのだ。でも仲間はずれは、憂鬱になるばかりだった。

それでも、売れなかったとはいえアイドルとしてスポットライトを浴びる毎日だけは、捨てがたかった。

　だから、解散間際にあのベースの子となぜかしみじみ語り合ったのはよく覚えているのだ。口調も楽屋の風景も、疲れた顔で煙草《たばこ》吸ってた仕草《しぐさ》も。ただ、顔だけはぼんやりとして思い出せない。生きた幽霊みたいに。

「カレシとやり直したいっていうの」

「違うよ。あいつに会わなきゃよかったなって。あいつにさえ会わなきゃ、番組にも出なかった。スカウトされなかった。アノアノにも入らなかった。なーんてね。本音は生まれる前に戻りたいかもだわ」

　ベースの子は奇妙に冷静に、話を締めくくった。

「私の前の彼は、もっとひどいやつだったよ。暴力もすごかったし、浮気も当たり前にしてたし。ついでに酒癖も悪くて、もういいとこなし。でも、惚れてたのねー、あの頃は。……最悪な思い出しかないけど。あいつと出会ってよかった」

　クスリのせいで、窓辺にベースの子が座っているのが見えてきた。あの頃と同じ。ピンサロの制服みたいなぺらぺらのショッキングピンクの衣装。胸元が大きく抉《えぐ》れていて、前かがみにならなくても谷間が覗く。特に私のは、抉れが大きかった。

「あいつに会わなきゃ、あたしもっともっと、バカになってた」

窓の下に膝を抱えて座ったベースの子は、ゆらゆらと上半身を揺らせた。こんなふうにしてベースも弾いていたな。突然、思い出す。

頭の半分では、「ずいぶんはっきりした幻、幻覚だなぁ」と呆《あき》れている。頭の半分では、「本物のあの子が来てくれている」とどぎまぎしている。

クスリ、やめようかなぁ。やめられないなぁ。中毒するほどじゃないしなぁ。

「あはっ、今も充分にバカだけど。全然、タイプの違うバカになってただろうね。もっと愚鈍《ぐどん》な感じの」

「今のバカの方がましだって?」

これは、思い出の中の台詞《せりふ》じゃない。今そこにいる、窓の下に座っているベースの子に向かっていったのだ。強すぎる陽射しに、ベースの子は本当に溶けた。

「あ、待って。もう少しいてよ」

そう小さく叫びながらも。ああ、日当たりが良くてよかった。安堵もしていた。きっと彼女は、そんないいものじゃないはずだ。あまり出てきてくれない方が、いい存在だろう。

さらさらと彼女は溶けてしまい、あとにはなんにも残らなかった。

「秘密のショー」は、ちょうど一週間後の土曜の夜となった。

そこに幸弘が来て、私と絡む。ただし、幸弘は変わり果てていて、人間とも思えない姿をしているという……。

＊

「昔の中国の王妃だか女帝だかで、すんごい悪いのがいたじゃない。ほら、そういう女の王様っていっぱいいたみたいだけど。何かで読んだか誰かに聞いたか、すごく強烈に覚えてる話があるの。かなり有名な話みたいよ。何度か聞いたもん。恋敵《がたき》だった女を、人豚にしたって話」

シラフの時は、「ああ、私は今かなりヤバい」というのは自覚できるし、不安にもなる。やめようとも決意する。

けれど、クスリもアルコールも入ると、ぼんやり、どんよりした幸せに浸《ひた》れるのだ。

それこそ、いつに戻りたいと聞かれたら、クスリと酒を知らなかった頃、そう答えるのがいいのだろう。といっても、戻れやしないのだから、無駄な質問で無駄な答えだ。

「手も足も切断して、目もくり抜いて喉も潰してしまうの。しゃべれないどころか悲鳴もあげられない。動けない。それを、トイレに突き落とすんだよー。昔はトイレで出したもの、豚に食べさせてたらしいじゃない」

脱ぎ散らした服とクリーニングから戻ってきた服と洗濯するつもりの服と。全部が交じり合った山の中に、埋もれるように寝そべっている。

「トラウマっていうのかな。マジに、それ知った時は立ち直れない感に支配されちゃったよ。いっそ殺してほしいよね」

周りには、お湯を注いだばかりのカップラーメンと、三日前にコンビニで買ったまま忘れてすっぱい匂いをさせている惣菜《そうざい》と、何ヶ月前からそこに口をあけたまま放置しているのかわからないスナック菓子などが転がっている。

「幸弘、そういう姿にされてるんじゃないかな……。セックス、ううん、スマタか。アレさえ無事なら、できないことはないと思うけど。でもでも」

吉田には、次に会うのはショーの時だと言い渡されていた。それまでは連絡してこないでくれとも、釘を刺されていた。別に、毎日ラブラブなメールや電話が欲しい訳じゃないから、いい。不安といえば不安。別の意味で。

でも、いい。私にはしゃべる相手がいる。すぐには返事をしてくれないし、期待する答えも返してくれない相手でも。

「それから、これも昔の中国じゃないのかな。病気や麻薬で訳わかんなくなった人を、物好きな金持ちが買い取って、獣の毛皮をかぶせて、動物として飼うっていうの。これ、コンビニで立ち読みしたヘンな雑誌に出てた。これも超イヤな話でしょー。まさか幸弘、これにされてんじゃないの」

人豚とそれと、どっちが嫌か。どっちも嫌に決まっているけど、クスリや病気で訳わからなくなっているなら、後者の方が幸せかもしれない。

「吉田、変態だけど小心者だから、そこまではやらないか。あ、じゃあ幸弘、女にされちゃったとか。まさかＥＫＫＯ、私そっくりに整形されてたりして」

私だけがしゃべっている。一人暮らしの独り言はちょっと危ないものにつながる。でも、いい。これは独り言じゃないのだし。

「あはは、ＥＫＫＯも想像力が貧困なのか、豊かなのかわからないねー」

ようやく、返事をしてくれた。窓の下にいる、ベースの子。今日もあの衣装だ。

「いつもあんた、それ着てるね」

「幽霊もでしょ」

クスリのせいか、強い陽射しのせいか。それとももっと、他の理由のせいか。ベースの子の顔はぼんやりと煙っている。ショッキングピンクの衣装だけが鮮《あざ》やかだ。

「幽霊。怖いこといわないで」

「生前はいろんな服持ってて、いろんな格好してたはずなのに、幽霊もいつも同じ格好してるよね。あれ不思議。死んだ時の服装とも違うじゃない。普通は白装束《しょうぞく》なのに。滅多《めった》にいないよね、白装束の幽霊。裸で殺されてた人も、裸では出てこないらしいし」

「そうねー。鎧《よろい》武者の幽霊とか、すごいドレス着た中世のお姫様の幽霊とか。服も、成《じょう》仏《ぶつ》してなくて、着ているものも化《ば》けてるのかな」

そもそも、さほど仲良しでもなかったこの子が出てきているのも不思議なのだ。ほんの短い期間、同じグループにいたというだけ。解散後は生きているか死んでいるかもわからず、会いたいとも願わず、どうしているかと考えたことすらなかったのに。

「どんな、幸弘に会いたいの」

そういえばこの子に、幸弘の話なんかしたっけ。思い出せない。

「……変わらない、幸弘」

答えておいて、考え込む。それが一番、難しいだろう。変わり果てた姿より、変わらない姿の方が怖いかもしれない。もう同じくおじさんになっているはずなのに、十八歳のままの幸弘が現れた方が、恐怖だろう。

ベースの子は、いつのまにかいなくなっていた。現れた時と、同じに。ピンクの残像だけが、いつまでも窓の下できらきらしていた。

＊

「そのベースの子って、いいねぇ」

散らかり放題の部屋をどうにか、散らかっている部屋、にまでもっていってから、私は社長さんを呼んだ。

窓の下に、ベースの子はいない。そうじゃないかという気はしていた。やっぱり、あの子は他に誰かいると出てこないのだ。

「でも、幻じゃないんだ」

社長さんは吉田と違って、気味悪さはない。金持ちの子で、でもモテなくて、アイドル、しかもB級っぽいのが好きで、アノアノ・ガールズのEKKOのファンで、今はEKKOを支えるファンの一人。EKKOをお金で好きにできる、というところまでは同じだ。

ヘンなショーに裸で出るよう強要したりはしないけど、プライベートな下着姿のビデオは撮られた。

ある意味、もっと変態ぽいかもしれないが、可愛らしさに変換してやった。この社長さんは可愛い。愛するところまではもっていけないが、吉田よりはずっとまし。

「大丈夫。今は飲んでませーん。クスリもお酒も」

「信じるよ。ほんと、やめてね」

「中毒にはなってない。たまーに、だもの。なければ耐えられないなんて、ないよ。アノアノの頃から優等生でしたもーん」

　中毒でないのは、かたくなに信じている。だって、毎日ではないもの。毎日でなくても平気だもの。ベースの子には毎日来てほしいけど。

「じゃ、ちょこっとまたビデオ撮ってもいいんだね」

「どうぞ。でも、あんまりエッチなのはダメよ。アイドルなんだから」

「わかってるわかってる。ベースの子と会話してるところね」

　ビデオだって流出しても、そんなダメージにはならない。そもそも、今さらそんなもの流出する価値すらない。今の若い子はアノアノのEKKOなんて知らないし、知っているおじさん達ももっと若い有名な子のそれを欲しがるだけだ。

　吉田の欠損した印象を与える顔より、社長さんの方が、むしろ顔立ちは悪いだろう。誰に似ているというより、河馬《かば》に似ている。

　私の方から、呼んだ。お小遣いも欲しかったし、誰かにベースの子の話もしたかった。

私は本当に、友達がいない。家族も音信不通。河馬は、可愛いじゃないの。

「バカでーす、っていうのを売り物にしてたし。実際にバカなんだけど。もっともっとバカになりたかった。鈍《にぶ》くなればバカになれば何も考えなければ、幸せになれると信じたの。どんな幸せが欲しいかと聞かれたら、答えられないのに」

顔ばかり大きくて、目鼻はちんまり小さい社長さんは、喜怒哀楽がよくわからない。もともとおっとりした、気弱な性質というのを差し引いても。

体も、そうだ。肥満しただだっ広い体に、ちんまりとしたものがついていた。コンプレックスにしているのかどうかも、曖昧だ。

「あの頃はバカだった、って誰もが思うよ。僕も思うもん。そんなふうに言うと、なんだか今はすごくおりこうみたいだけどね。今もバカだよ、僕だって」

向かい合って座る社長さんは、私の胸のうちを読んだような台詞を吐いた。大好きな人ではない。とても頼れる人でもない。でも、今の私の前にいるのは社長さんだけだ。ベースの子は、クスリとアルコールによる幻だもの。わかっている、それくらい。

だから、吉田と幸弘の話もした。

「怖いなぁ、変わり果てた姿？　人間とは思えない姿？　でも、はったりじゃないの。せいぜい、すごく肥《ふと》ったとか痩せたとか。あるいは整形をしたとか」

そこで社長さんは、ビデオカメラをセットし終わる。私はゆっくり、服を脱いでいく。

「僕はベースの子って、あんまり記憶にないなぁ。一番好きなのがもちろんEKKOちゃんで、次はキーボードの子がよかったなぁ。なんていったっけ、あの子」

「あー、あの子。きれいだったけど意地悪でね。そうだ、コカインで捕まったよ。今どうしてるかなぁ。こんなバイトしてたりするのかなぁ」

「そうなの。キーボードの子のところにも、ベースの子は行ってるのかな」

下着姿で正座して、窓の下を見つめる。もう、夜。強い陽射しはないから、あの子は光に溶けていったりしないだろう。いつもいつも真昼に出てくるあの子。夜はどうするのか。蛍光灯に溶けていくのか。それとも、闇に。

「明日、私は幸弘に会います」

そういえばドラマにも、チョイ役で何度か出た。ものすごい台詞の棒読みで、みんなに失笑、苦笑されていた。久しぶりに、思い出す。思い出は、ろくなもんじゃない。

「……会えないよ」

ちらりとピンクがかすめ、小さな小さな声がした。

——そのショーは、吉田の父親の知り合いが所有しているというビルの地下で行われた。何の変哲もない雑居ビルで、地上にはレストランやブティックや事務所が入っている。地下はもうじきバーが作られる予定だという。

吉田らしく、インチキくさい装飾と自己満足な演出で彩られた舞台。なんでも、有名な中国のポルノ小説の一場面だそうで、観葉植物や花壇で中庭に見立てた一角に、葡萄《ぶどう》棚がこしらえられている。絡まる葉っぱや蔓《つる》は作り物だが、葡萄だけは本物をつかっていた。甘い匂いだけが救いだ。

私はそこに、全裸で吊るされた。逆《さか》さまにではなく、お尻は台につけ、足を大きく開かされて縄で巻かれ、足だけを棚に吊り上げられたのだ。開いた足の向こうに、長椅子を並べてある。観客がそこに座るのだ。

あえて、クスリもアルコールも入れずに来た。幸弘を見極めるため。何か怖いことが始まるのか終わるのか。ベースの子も幻も、これから会える幸弘も、「元に戻れる」スイッチとなってくれればいい。さらに暗闇に引きずり込むサインにはしない。

＊

大人しくこちらを見ている観客の中に、社長さんはいない。吉田と違って本業が忙しいし、ビデオの編集だってやらなきゃならないからだ。第一、吉田と社長さんに接点はない。狭いEKKOのファンの世界でも。

その時私の、アノアノ・ガールズの、唯一のヒット曲『あまり聴きたくない歌』が流れてきた。

と思ったら、違った。間違いなくメロディはあの曲なのに、ボーカルが違うのだ。男の声だった。カラオケで歌っているのだろう。本格的にスタジオでカバーしたんじゃない。

……この声。聞き覚えが、ある。

観客は私の陰部ばかり見ないよう気を遣っているみたいだったが、その視線がいっせいに彼らの背後にいった。扉が開いて、全裸の男が入ってきたからだ。

私は笑えばいいのか絶叫すればいいのか無表情にされるがままになっていればいいのか、わずかに迷った。そして次には、元タレントらしくアドリブをきかしていた。

「会いたかった。幸弘。ほんと、わからなかった。でも、わかる」

男は紛《まぎ》れもなく、吉田だった。どこから見ても、幸弘ではない。ただ、幸弘の顔に似せて作ったゴムの精巧な仮面を付けていたのだ。中年になった幸弘じゃない。十八の頃の。

「幸弘くん、死んでるんだよ。アノアノのベースの子と心中したって、ある筋から偶然に聞いて。興奮したなぁ」

開かれた足の前で、吉田はくぐもった笑い声を立てた。

「このテープは、未亡人になった人に大金積んでもらったよ。遺品の中から出てきたって」

吉田は、あそこを舐めてきた。葡萄棚が、軋《きし》んだ。私のどこかも、軋んだ。

「亜矢さんていうの、わかるよね。干《ひ》からびてミイラみたいになってたよ。君は会いたくはないよね、別に」

私達は絡み合い、私は幸弘と抱き合った。葡萄棚の下で、激しく濡れていた。何も聞こえなかった。幸弘の声も、昔の歌も。

——あれから、ベースの子は来てくれなくなった。ただ、社長さんが見せてくれたビデオには、窓の下にちらりとだけピンクの影が映っていた。ちらりとだけ。

されるものだ。お客も、今の事務所の通称パパさんもママさんも聞いてきた。十二。それだけで軽く驚かれるが、相手は「先輩」で済ませている。

「本当は、違う。十二っていうのは本当だけど、相手はセンパイとかじゃない」

――独り言をいっているつもりだったのに。

「ふうん。まあ、そんなことはいいよ。ねえ、ミキちゃん」

中空に浮いた幻だとばかり思っていた唇が、生きた人間の息を吐いた。

＊

ここは自分の部屋ではなく、ホテトル事務所に近い喫茶店だった。昨夜は三人続けて客を取った後、ゲームセンターで夜明かしをした。だから眠くてたまらない。おまけに、稼《かせ》いだ金をすべてスロットマシンに吸い上げられていた。自分が楽な生き方をしているのか過酷《かこく》な生き方をしているのかすら、わからなくなってくる。

「ズバリいって申し訳ないけど、あなたあんまりフーゾク合ってると思えない」

「……あんたは、合ってたの？」

そんなミキに「インタビューさせて」といって近付いてきた女がいた。テーブルをはさんだ向こうにいる女だ。唇だけが鮮《あざ》やかな女は、元風俗嬢だといった。ミキへの媚《こ》びと見下し。ともに鬱陶《うっとう》しかった。有名な、といってもミキは知らないが、大学を出ているという。それだけを売り物に風俗嬢をやっていたらしい。

今度は、それプラス元風俗嬢という売り物ができた。と、赤い唇は歪んでいる癖にきれいな発音でいう。ミキは事務所を出たところで声をかけられた。ミキは、待機をするのにこの辺りの喫茶店を転々としている。連れてこられたこの店は、初めてだった。こんなに近いのに見落としていた。侘《わび》しいのに騒々《そうぞう》しい、ある意味良い店だ。

「合ってたとも合ってなかったとも。でも、わたしは小説家になるのが最終的な目標だから。小説家は合ってる。きっと」

なってもいないのに、わかるの。ミキは少しうんざりしたが、ここの払いはこのキムラとかいう女がするのだし、謝礼もくれるといっているから大人しくうなずいてやる。ミキはいつもこうして、自分を納得させている。

「してもらっているんだから、まぁいいか」。おそらく周りの大人にずっと、「してやってんだからいうことを聞け」みたいなことをいわれっぱなしだったからだろう。いわれっぱなし、やられっぱなしは楽だ。楽になりたいと最初から思っていれば。

キムラといるこの店は、半地下というのだろうか。道路の脇に沈み込むようにある。窓際にいれば、ちょうど目の前を足が通り過ぎていく。通行人の顔は見えない。逆《さか》さの幽霊みたいだ。幽霊は見たことないけど、確か足だけがないんだ。外を歩く生きた幽霊。あたしは彼らからは、何に見える。

「まあ、わたしの話はどうでもいいの。あなたの話を聞かせて。なんていうかな、ミキちゃんてちょっと普通でない陰りがある。風俗嬢にはありがちなっていったらそうだけど、それらとも微妙に違う陰り」

誉《ほ》められているのかバカにされているのか、キムラの含み笑いこそ微妙だ。それにしても、とミキは辺りを見回す。ミキの田舎にあったような店が、都内のど真ん中にあるのが不思議なような小気味よいような気がした。臙脂色《えんじいろ》の古びたソファ。どこか黴《かび》くさい空気。あからさまに怪《あや》しい客はいなかったが、あからさまに堅気《かたぎ》という客もいない。

キムラのどうでもいい質問が続く。

「ん～とね。そんなこだわりはなかったけど、とりあえずは『区』のつく地区に住んでる。『市』だとせっかく東京に来たのに、代わり映《ば》えのないただの隣町に来たような気がするから。うちの田舎には、『区』のつく地名はないもん」

住んでいるのは区とはいえ、ぎりぎりの端っこであり、ワンルームだ。それでも家賃を払っていくには普通の仕事ではきつい。第一、この経歴ではＯＬにもなれない。

セックスが好きなのでも何が何でも金を貯めたいのでもないが、この町のホテトルで働くようになって一年が過ぎた。ホテルだけではなく、客の自宅に行くこともある。

「クスリ？　もう、やってない。更生っていうのとも、ちょっと違う」

高校生の頃、溜まり場でシンナーを吸っていた時、兄妹でやり始めたのがいた。それを目のあたりにして醒《さ》めた。なのに記憶が時々飛んでしまったり、混濁してしまったりする。

「なんとなく。風俗も同じ。覚えてないの。それこそ昔のクスリのせいかな」

家出してくる途中、電車の中で読んだレディスコミック雑誌の広告で見て、自ら応募した気もする。街なかで声をかけられて連れていかれてそのまんま、という気もする。いろいろなことをいっているうちにわからなくなった。

「ええっと……事務所には待機する部屋もあるんだけど。あたしはそこ、嫌なのね。センパイ達の博打《ばくち》のカモにもされるし」

父も母もいなくなった後、兄と隠れ住んだアパートに似ているのも嫌な理由の一つだ。低い天井、砂壁、最初から破れていた障子《しょうじ》に襖《ふすま》。隙間風、雨漏り。真夏しか経験していないのに、なぜか冬を覚えている。汗だくなのに、凍えていたからだ。

「こんなふうに喫茶店を転々として、連絡待ち。一晩にううん、だいたい三人かな。指名してくれるお客さんも数人いる。やっぱり、美人がウケるのは当然だけど。その次は性格ですよ。あたし別に、自分が性格いいとは思わないけど、それにノリもよくないけど。とりあえず、はいはいって素直だから」

誰に仕込まれたのだろう。自分はそんなに従順ではなかったはずだ。兄にもいつも、お前は素直じゃないと怒られていた。怖いのはお客や病気じゃない。兄だ。いつまでたってもお兄ちゃんが怖くて……好き。

「なんでも」

といったら、キムラはここの人気メニューだというトーストを注文してくれた。スライスチーズとハムをサンドイッチにしてからトーストして、上にウズラの目玉焼きをのせている。添えられているのは、濃厚なミルクティー。特においしいともまずいとも感じなかった。

「ううん、ミキちゃん若いのにね。そんなにブスともバカとも思えないし。むしろ上の部類じゃないの」

嫌いではないものは、イコール好きなものか。ならば事務所の通称パパさんママさんもこのキムラも好きなはずだ。でも、そうじゃない。指名してくれる男達も。そして、自分自身も。ついでに、このサンドイッチと紅茶も。

「基本的に受け身なんで、ソープとかヘルス系はダメ。何されても寝転んでいる方がいい。そんなひどいことしてくる客も今のところいないいし」

「プライベートでも?」

「彼氏いません」

夜通しやって、それから始発でアパートに帰る。ずっとごろごろしている。引きこもりに近い。特に苦痛とは感じないし、淋《さび》しいと泣きたくもならない。

「投げ遣《や》りねぇ」

わたしは小説家になる夢に支えられているもの。というより、なるつもり。なれるはずよ、と。あたしなんかに威張《いば》っても宣言しても仕方ないのに、とミキはトーストを食べ続けた。硬くて脆《もろ》い。

「悲しいことってある?」

そんな情緒的なことなんかないだろう、といいたげだ。突然に、キムラはどこかが痛む顔をする。下手な演技。風俗嬢としてもダメだったろうなと、思わせる。

「ありますよ。毎日。顔見るなり『チェンジしてよ。他にも女の子いるよな』って言われたり、生でさせろって強要されたり。危ない日なのに。他の女の子達もあたしのこと軽く見てたり。始発の電車、淋しいですよ。帰っても誰もいない。プライベートでは何か強要してくれる人すらもいない」

「帰りたい、帰ろうとは思わないの」

「帰っても、お兄ちゃんがいるだけだし。今さらお兄ちゃんと住んだってしょうがない」

「兄妹の仲はいいの」

「……普通」

その時、ミキの携帯が鳴った。この喫茶店では携帯は咎《とが》められない。客は皆、喧嘩腰か愁嘆場《しゅうたんば》のどちらかを演じつつ電話をしている。純粋にビジネスの電話をしているのは、ミキくらいか。事務所のママさんからだった。初めての客で、自宅希望だという。わかりやすい場所よ、歩いていきなさいといわれて住所を告げられた。

「あの、呼ばれちゃった」

ミキの皿は空だ。カップも。キムラはどちらも残していた。ミキはその冷えた残骸達を見下ろして、いった。

「どうせなら、その家まで来ませんか」

「……それは遠慮しとくわ。でも、その家の前まで送ったげる」

キムラとともに出た。生温《ぬる》い体温のような空気、生温《あたた》かい体液のような風。いつのまにかキムラは消えていた。ふっと中空に、赤い唇の残像だけが浮く。これもすぐ、消えた。

＊

不安になるほど凡庸《ぼんよう》な路地裏。迎えてくれたサトシ君は凡庸な容姿で、性癖もこれといったものはなさそうだ。とにかく部屋が汚かった。元はそんなに悪いアパートではなく、きちんと片付ければマンションと言い張ってもどうにか通りそうな造りなのにだ。

サトシ君の部屋は1DKというのか。どちらも汚れている。三次元が汚い、とでもいうか。タンスがないので、洗濯物も普段着もすべて部屋に渡したロープにぶら下げてある。どこかで見覚えのあるチェックのシャツが陽気な幽霊のように揺れている。

変わった服装をしてくれとか、おしっこ飲ませてくれとか、赤ちゃん言葉をつかったりもしない。いい学校出ていい会社に勤めていたけど病気して療養してたらリストラされて、とだけいった。本当かどうか、どうでもいい。ミキの偽《にせ》の北の田舎ほどに。

「サトシ君」

ただ、そう呼ぶことだけは頼まれた。強要ではない。サトシ君はいつもおどおどしているのだろう。ミキも決して高飛車《たかびしゃ》だったり気が強かったりはしないが、サトシ君といると偉そうな口をきいてしまうことになる。

「ミコちゃん、だっけ。一緒にシャワー浴びようよ」

「浴びてやってもいいよ」

当然、浴室も汚れていた。ひどく暗い。ここも嫌な昔を思い出させる。忌《い》まわしいのに懐《なつ》かしい、プラスチックの洗面器に椅子《いす》。ミキは脱衣所で全裸になる。比較的、清潔で乾いた青いバスタオルに目星をつけておくのも忘れない。

生温いお湯。体液と変わらない匂いと温さ。サトシ君は締まりのない体だ。まだ三十代に入ったばかりだろうに、この緩み方は酷《ひど》い。ミキとて自慢できる体ではないが、優位に立たざるをえない。

「あたし、初めて見た死体は溺死体だったよ」

こんなに強気になっている。あの女キムラにはおどおどしていたのに。サトシ君は若いのに、そして酒も飲んでいないのに勃《た》ちが悪い。腐りかけの生肉。臭《にお》いはないけれど。

「溺死体のコレ、すごく膨《ふく》らんでいた」

その肉を玩《もてあそ》びつつ、笑った。誰の死体だったのだろう。赤の他人のような気もするし、とてもよく知った人のような気もする。そんな昔だったか、あれは。

「ミコちゃんて、ヘンだよね。そのヘンさがいいよ。最初はヘンだなと思ったけど、今はそれがいいと思ってるよ」

　なぜこんな男でいい気持ちになれるんだろう。ミキは押し倒されて、サトシ君に乗っかられた。シャワーは出しっぱなしだ。汚れたタイル、黴だらけの壁、舐められる自分。なのに気持ちいい。

　お兄ちゃん、と呻いて軽く驚く。溺《おぼ》れたことはないけれど、今の自分は溺れている。いつのまにか挿入されていたのは、すっかりその気になっていたのか。優しくされているのか虐《いじ》められているのか、何もかも曖昧《あいまい》にシャワーに流されていく。

　気持ちの悪いキスをしてくる。耐えられない臭いはない。生の肉。性器と舌。シャワーが降りかかる。もうベッドではしたくない。湿った毛布、抜け毛だらけのシーツ、脂《あぶら》で黒ずんだ枕。目をつぶっても開けても嫌なものしか見えない。サトシ君は素早く体を離すと、排水溝にしゃがむようにして放出した。

「出ようよ、ミコちゃん」

　まるで優しい殺戮《さつりく》を終えた後のようなサトシ君は、ミキを抱き起こした。そういえばと、ミキは薄く微笑む。ミキをミコにしてあるだけで、名前すら変えようとしない。なのにあたしはどんどんあたしから離れていく。取り戻す呪文は、お兄ちゃん、か。お兄ちゃん。お兄ちゃんに抱き上げられて浴室を出た。滴《したた》る水滴に凍える。バスタオルにくるまれる自分は、いやらしい妹だ。

「ちょっと休憩。そうだ、ご飯食べる」

キッチンの汚れ方を見ただけでうんざりしたが、空腹は確かだった。ガラステーブルの前にバスタオルだけ巻いて座る。濡れた髪を例のタオルでこすっていると、カレーの匂いがした。意外なことにそれはなかなかのものだった。骨付きチキンは箸《はし》でほぐせるほど煮込まれており、色鮮やかなご飯はターメリックで着色されているのだった。

「すごい。サトシ君てひょっとしてコックさんとか?」

「違う違う。これだけは作れるの。これにはちょっとした物語があるんだけど、それはまた次ね。次も指名するからさ」

ちゃんとヨーグルトで下味をつけてあるらしい。専門店で食べた味だ。どんな曰《いわ》くがあるのか、あまり興味はない。しかし指名はありがたい。

サトシ君はコーヒーもいれてくれた。キッチン、といっても敷居のすぐ隣というだけだが、奇妙な鼻歌を歌いながら用意をしてくれる。ミキは服の重なりの彼方《かなた》にある窓を見ていた。あの窓を開ければ隣のアパートが立ちはだかるだけだとはわかっているのに、別の景色があるのではと期待してしまう。たとえば偽の北の故郷とか。

死体が転がっているかもしれない、荒涼とした彼岸の果てかもしれない。それでもいいのだ。しかしどうしてもここにだけはいたくないという場所は思いつかない。故郷も今の部屋も、そんなに悪くはない。

「これ、いいよ」

コーヒーと一緒に持ってきたのは、ガラス瓶に入った赤い液体だった。同じ事務所の子がヘンなクスリを飲まされて死にかけたのを思い出す。軽い睡眠薬なら盛られたこともあった。お金だけならいいと、あきらめた。垣間見た死後は、美しくもなんともなかったから。

「ヘンなクスリは嫌」

「違うって。ヘンなクスリならこっそり混ぜるよ」

とてもきれいな血の色だ。今まで出会った人は誰もこんな血をしていない、そんな透《す》き通った赤。

「グレナデンシロップ。柘榴《ざくろ》の香味をつけたものだよ。本当はデザート用だけど、コーヒーに入れてもいいんだ。これもちょっとした物語がある」

甘いコーヒーを飲んで、それから皿も片付けずにまた抱き合った。延長の電話を入れなくてはならないというと、サトシ君はその間にトイレに立った。

「……えっ、間違えた」

なぜだろう。故郷の兄につながってしまったのだ。

「何してんだ」

「友達とカレー食べてコーヒー飲んだ。その前は仕事の人と会って、サンドイッチ食べて紅茶飲んだよ」

ざらつく風の音。あんな風は故郷に吹いていただろうか。でもこれは家への電話だ。あれっ、と思う。電話代を払えなくて止められたままになっていなかったか。

「お兄ちゃん」

呟《つぶや》いた瞬間に電話は切れて、背後にいたサトシ君が笑っていた。背後に奇妙な色彩が揺れている。服の重なりではない。ターメリックの黄色とグレナデンシロップの赤と。窓の向こうはきっとそんな色が混じりあっている。

暑くて汗も流れるのに、ミキは裸の肩を寒そうに抱いていった。

「あたしね、初めての相手、お兄ちゃんだった」

＊

ミキは時々、記憶をなくす。自分も落としてくる。けれど探すのは容易《たやす》い。狭い範囲にしか生きてないから、おおよそどこら辺りを探せばいいかすぐにわかるし、高価ではないから誰も拾わない。何よりも、落としてもなくしても惜《お》しくない。

「ええっと、目玉焼きののったトースト。それからミルクの入った紅茶」

今日もミキは、あの喫茶店にいる。携帯電話が鳴るのを待っている。事務所とサトシ君からしかかかってこない。もう、お兄ちゃんには番号を教えてないから、かかってこない。かかってきたら、それは偽者のお兄ちゃん。偽者でもいいのに、と寒そうな顔をして窓の向こうの逆さ幽霊達を眺める。

特においしいともまずいとも思わないのに、今日もこの二つを注文する。食べ終わると何かのノルマを果たした気持ちにさえなれる。キムラは振り込んであげるといったが、ミキは口座など持ってない。

後日払うからまたここで会おうと、名刺をくれた。けれど帰ったら、なぜか、余分なお金がバッグにあった。サトシ君がくれたものではない。何のお金か思い出せなかった。ウズラの目玉焼きは可憐に溶ける。チーズとハムはともに生きものの味がする。ミルクは体液。紅茶だけがよそよそしく気高《けだか》い。

「ちょっといいかなあ。君、お話だけ」

不意に中年の男と若い男が現れた。組関係者にも見えるし、会社員にも見える。ただ、客ではないようだ。何か見せてくれた。興味を引かないから見過ごした。お金ならすぐにわかるのに。勝手に二人は向かいに座る。ウェイトレス達が不安そうに見ている。ミキはバイブレーター機能にした携帯の画面を見る。何もない。

「キムラさん、て知ってるかな。ここで君と話をしてたのを見た人がいるんだけど」

知ってる、と答えるしかない質問の仕方だ。

「知ってる」

「殺されていたのは知っているかな」

不意に路地裏が浮かんだ。知ってる。あたしが何かを落とした場所。何かをなくした場所。何かを忘れた場所。

「……そういわれてみれば、知ってるような気もする」

二人の男は、きれいにそろった口調で同時にいった。

「私達と一緒に、来てもらえるかな」

「連絡先を教えてもらえる。ほら、ご両親とか」

ミキはただ一人、受け答えをしなければならない。一人なのに、誰かのリズムや呼吸とはずれてヘンな声になる。歪《ゆが》んだ息遣いになる。

「いません。父は死にました。母は行方不明です。でも、死んでると思う。あたし、夢を見るから。あれはお母ちゃん」

　初めて見た溺死体。あれはきっとお母ちゃん。

「兄弟とかいないの」

「……お兄ちゃん。でも、行方がわからない」

　そうだ。ミキは携帯を取り上げる。

「サトシ君に頼んでみる」

　ところが番号はつかわれておりません、と無機質な声が流れるのみだ。仕方なく事務所に電話した。窓の向こうの足がいっせいに立ち止まり、すべてがミキを囲む錯覚。嫌な汗が滴った。二人の男、いや、二人の刑事はなぜか笑う。どこか記憶にある顔だ。深い傷口のような目鼻、深い空洞に似た口。

「ママさん。あの、ミキです。なんかあたし、今夜は警察に泊まらなきゃならないみたいなんです。仕事できません」

　ママさんが何か怒鳴り始めたので、一人の方に渡した。何やら話している。ミキはあのカレーはもう食べられないんだな、と初めて悲しくなった。本当にサトシ君は実在しているんだろうか。あれもどこかの記憶が混濁して登場した、白昼夢なんじゃないだろうか。

　でも、キムラは殺した。

「あの……。あたし、逃げも隠れもしませんから」

二人の刑事が、どこか懐かしい死人の顔をする。

「トイレ行かせてください」

ここのトイレはすぐそこだ。逃げようがない。窓もない。だから許してくれた。ミキは便器にしゃがみこんだ。トーストや紅茶は出てこなかった。代わりに黄色いご飯とカレーが出てきた。そしてコーヒーの匂いだ。とっくに消化されているはずのモノがなぜ。個室はサトシ君の部屋の匂いに満ちた。柘榴の色はどこにもない。幻の田舎の景色に混ぜられた。

ミキはトイレのドアを開けた。サトシ君は殺してないと思う。しかし自信はなくなってきた。地面にキムラの足が見えた。幽霊は足がないなんて、どこの誰が決めたんだろうか。ちゃんとあるじゃないの。派手なペディキュア。確かにミキをじっと見ている位置に立っているその足は、すっと消えた。

「もしかして、サトシ君ちに行くのかなあ。よく知ってたもんね、道順。前に客だったんじゃないの。あたし、急に何もかも嫌になって、すべての記憶を消去したくなったの。誰か殺せば、世界が変わると期待した……」

警察で話せばいいことを、どこにもいない幽霊達に訴える。世界が変わったって、せいぜい偽の北の田舎くらいだろう。それもわかっているのに。

戻ると、二人に促された。テーブルの上の携帯が光っていた。取ると、風の音がした。

「どこにいるの、お兄ちゃん」

お兄ちゃんとはやってしまったけど、まあいいじゃない。ふっと気がつくとあたしは高校生で、今まさに溜まり場でシンナーを吸っている。……そうだったらいいのに。そうだったら、一生醒めない悪夢の中にいてもいいのに。

懐《なつ》かしい廃屋《はいおく》

＊

「あたし、人殺しの友達いるんだよ」

ナオミって、こんな声をしていたんだな。

と、サキはいきなり話しかけられたことや、話題のとんでもなさよりも、まずはそれを思った。

なぜナオミがこのデートクラブのNo．１か、ちょっと不思議だったが、案外この声が理由かもしれない。擦《かす》れているのに甘い声。テーブル越しに聞いても艶《つや》っぽいのだから、直《じか》に耳元で聞かされればかなりぞくぞくするだろう。

「えっ、あ、そうなんすか」

すべてが安いこの部屋で、最も安さを演出している合板の小さなテーブルの向こうで、ナオミはごろんと寝転がる。無防備にお腹を出している猫のようだ。

「うん。そう、人殺しの友達いる」

太っている、といわれるぎりぎり手前で踏み止《とど》まっている体付きと、ちょいブス入ってるかも、と首を傾《かし》げられる微妙なところにある顔立ち。しかし、このデートクラブでは一番の指名率を誇っているのだ。

「あたしは、ううん、知り合いの知り合いくらいにはいますよ。つうか、誰でもそうじゃないすか」

サキは足を投げ出しているが、同じようには寝転べない。サキは妙なところで遠慮をするというか、礼儀正しいのだ。

「知り合いの知り合いには、どんな人でもいる、か。でもあたしの場合、ほんとに友達。間には誰も入らない」

「はあ、すごいっすね」

媚《こ》びているんだかバカにしているんだかわからない相づちを打ちながら、サキはナオミをぼんやり見下ろした。

殺風景なのに雑然とした畳の部屋で、ナオミのレモン色のシャツばかりが妙に明るい。サキの背後のベランダからは、暗い月光が差し込んでいる。

このナオミをデブのブスのと陰口《かげぐち》を叩《たた》く女の子もいるが、サキは素直に、ナオミはぽっちゃり可愛い、というのに同意していた。

大体この国の男というものは、ちょいブス混じりの可愛い子だとか、美人といえなくもないまぁ普通の子、といった辺《あた》りが最も好きではないか。

たらたらと、ほとんど惰性《だせい》でいくつかの風俗店を渡り歩いてきたサキが得た、数少ない、しかし結局はどうでもいい真理の一つだった。

あきらかにナオミの方が年下だが、売れている方が偉いので敬語はつかわなくてはならないし、肯定もしなければいけないとも。

「別にすごくもないけどぉ」

「いやあ、すごいっす。なかなかいませんよ、そんな友達」

実はそんなに珍しくもない。過去は問われない職業なのだ。当然、普通の企業なら問われるような過去を持った人間ばかりが集まる。父が夫が彼氏がヒモが人殺して服役中、なんていうのはよくある。

また、当人がソレで何年かくらっていた、というのもいた。

「サキちゃんには、いないの」

ナオミに名前をちゃんと知られていたことに驚く。もちろん、これは本名ではないが。本名を呼ばれなくなって、もうどれくらいになるだろう。

「いや、いないですよ」

受け答えの間抜けさはさておき、思えばナオミとちゃんと口をきいたのは、今日が初めてではないだろうか。

といって、お互いに避けていたのでもないし、何かあったのでもない。この控《ひか》え室と呼ばれる六畳の和室には常に何人もの女の子が出入りしていたが、ナオミは売れっ子なのでほとんどここにはいない、というだけだ。たまたま、今日はいるというだけだ。

サキはこの事務所に所属して一年になり、ナオミはそれより少し前からいたようだが、一緒になったのは数えるほどだ。それも瞬間に近いもの。しかしサキも、Ｎｏ．１の名前だけは知っていた。

サキはいつのまにか、ここの雑用係のようになっていた。電話番もするし掃除もする。苦にはならない。昔っからいじめられっ子のパシリだったのだ。金髪になって付けまつげが重そうな化粧をしていても、そんなのはすぐに見抜かれる。

客にも舐《な》められるが、度を越した変態には当たらない。それこそいじめられっ子の勘が働くのだ。

極上の女の子を電話一本でお届けします、がうたい文句。ナオミもサキも、当人達でさえ極上とは思ってないが、とにかく毎夜、男の職種によっては昼間にも指定された部屋に行っては裸になっている。

待機させられているこのマンションは、ビルの谷間の陰った場所にあった。陰花植物ばかりが咲きそうな、湿ったコンクリートでできていた。

そこに咲くのに相応《ふさわ》しい女ばかりが、密《ひそ》やかに男を待っている。

はっきりと喧嘩《けんか》や敵視、無視などはしていないが、女の子達はまるで見知らぬ者同士が歯医者の待合室にでもいるような雰囲気で、2DKの畳の方で過ごす。てんでに漫画を読んでいたり携帯メールを打っていたり。

もちろんこれまでいた店では、クラブ活動の延長みたいにうるさい和気藹々《あいあい》とした部屋もあったし、なんだか主婦の仲良しグループみたいになった部屋もあった。サキにはちょうど今のような場所がいい。居着いているのはそのせいだ。

今はみんな出ているようで、電話番のママさんもいない。サキが必然的に電話番だ。しかしこんな状況はちょっと珍しい。

フローリングの方にいるはずの、通称ママさんも、別に気難しいとかではないが、女の子達とは滅多《めった》に口をきかなかった。ママさんは、サキがちょっと好きな漫画家の作品によく登場してくる狂女みたいだった。

元はすごいところの令嬢か素封家《そほうか》の箱入り娘か、往年の伝説の名の知れたプリマドンナだったけれど、落ちぶれて騙《だま》されてやつれ衰《おとろ》えてしわしわになってしまった。でも本人はまだ美人のつもりでひらひらのフランス人形みたいなドレスを着て、髪の毛もふわふわに巻いて、キエーッと奇声をあげて町をうろついたかと思えば、ほーっほほほと高笑いしている。

もっとも似ているのは雰囲気や容貌だけで、ここのママさんは服装の趣味こそヘンだが、奇声もあげず高笑いもせず、黙々とただ事務的に電話番をしているだけだ。別に自分はお姫さまだともプリマドンナだとも思っていない。

サキは、強《し》いていえば最年長で実は子持ちの大人《おとな》しいヤスコと、嘘か本当かタレントしてテレビに出ていたといい張るアケミとはよくしゃべる。もちろん、どうでもいい噂話や他愛《たあい》ない芸能ニュースばかりだが。

サキはまだ一人二人しか指名客はいない。この受け答えもそうだが、よくいえばサキは素直で大人しい、悪くいえば鈍《にぶ》くておもしろみがない。客に罵《ののし》られてもお世辞をいわれても、同じトーンで「はぁ、そうっすか」と呟《つぶや》くだけなのだから。

あんたって、殺されても殺しても平然としていそうだよな。

そんなことをいったのは、専属ドライバーの通称ヨシ君だ。売れないホストみたいな容貌。事実、売れないホストだったらしい。そんなやつに何をいわれても、それこそはぁそうっすか、で済んでしまうからどうでもいい。

ともあれナオミはサキと違って、ごく普通に、わぁ嬉《うれ》しいと身をくねらせたり、ええっ、そんなつもりはなかったんだけどぉごめんなさぁいと口を尖《とが》らせているのだろう、多《た》分《ぶん》。そんな普通の受け答えは案外難しい。普通をやれる、凡庸《ぼんよう》を演じられるのが高得点だ。風俗嬢も、普通の主婦もＯＬも。

厳密には美人といえないナオミが売れっ子なのは、それだよそれ。と、経営者の通称パパはいう。自分では元その筋の人、といっているが、どう考えたって現役のヤクザだ。とりあえず、このパパにも逆《さか》らえない。

ママさんとは夫婦ではなく、姉弟なのだという。本当は夫婦なのに偽《いつわ》っている、ということはないだろう。別に夫婦だろうが姉弟だろうが、女の子達にはどうでもいいことだからだ。

悪意もない代わりに情もないパパ。ヤクザとして大成できなかったのも、大失態もしでかさなかったのも、そんな性質のせいだろう。と、パパにどこか自分と似た匂いを嗅《か》ぐサキは思う。いや、パパなんかどうでもいい眠たい夜だ。

昔のヤクザ映画でいえば、出てきた途端《とたん》に主人公に撃ち殺されるチンピラではないが、最後まで主人公と岸壁や倉庫裏やクラブで格闘もできない。中盤辺りで、ちょっと印象に残る殺され方をする、しかし幹部ではなく鉄砲玉、といった風貌のパパ。

そんなパパは、Ｎｏ．１のナオミもオミソのサキも同等に扱ってくれる、といったらなんだか随分《ずいぶん》といい人みたいだが、違う。パパは女の子をすべて消耗品としか思ってないのだ。あの子にもこの子にも、何の思い入れもない。

道具箱によく切れる鋏《はさみ》と、錆《さ》びてしまった鋏とがある。いつも鋭い方をつかうが、何かの拍子にそれをなくしてしまった時のために、錆びた方もとりあえず捨てずに箱に入れておく。そんな感じだ。

今のところまだ電話は鳴らないが、鳴ればナオミに行ってもらうことになるだろう。怖いんだかおもしろそうなんだかわからない「ナオミの人殺しのお友達」の話も、そこまでだ。そうして二度とその続きは聞けない。

「ねえサキちゃん。これは友達の話だけど、って始めるのって、たいていが自分のことなんだよね」

「そうですね」

「でもこれは本当に、あたしの友達の話。あたしじゃない」

「いやあ、あたしだってナオミさんが、人殺しだなんて思ってないですよ。そんな訳《わけ》ないでしょ」

こんな景色《けしき》を、こんな場面を、どこかで見た。別の店だったか、夢だったか。あたしはそんなつもりはないのに、相手をひどく怒らせることをいってしまうんだ。

サキは思わず目をつぶる。どん、と衝撃がきて恐ろしい形相《ぎょうそう》の女が目の前にいるのだ。

そうして自分は逃げる。窓から。もうここまで逃げれば安心だ、と見渡す場所は藍色《あいいろ》の夜明けの街だ。

追っ手も来ない代わりに迎えにきてくれる人もいない。でも、というべきか、だから、というべきか。自分は逃げなくてはならない。逃げ続けなければならない。そう、まるで人殺しのように。

「まっ、とにかくその子も風俗やってたんだけどね、ある時初めての男の部屋に行ったんだって」

サキはそっと首を回す。その時になって、ひどく疲れていることを知った。昼間に一人、客を取っていた。危なくも汚くもないが、陰鬱《いんうつ》な男だった。ずっと舐められている時は、利那《せつな》の殺意さえ抱いた。

「……そうですか」

「ものすごく判りにくい場所っていうんでもなくて、すんなりと辿《たど》り着ける場所だったらしいけど」

うつむいて、サキはかすかに怯《おび》えた。不意にその場所が垣間《かいま》見えたのだ。瞬《まばた》きと瞬きの間ほどの利那、確かに不幸な思い出にも似た景色が映ったのだ。濃い藍色と薄い青色に沈む、希望のない夜明けの街だった。

仰向《あおむ》けになったまま、ナオミもまた天井を見つめている。きっと同じものを見ているとサキは信じた。あの藍色の街。夜明けの街。

「もう二度と辿り着けない場所だって、その子はいった。まあ、ここもそうだけどね。ここを離れたら戻れないと思う」

それにしても、静かな夜だ。どこにもいない鳥が鳴いているのや、どこにも咲かない花が咲く音までが聞こえてきそうだ。繁華街はすぐそこだというのに。猥雑《わいざつ》な人々は、すぐそこにいるというのに。

「そういわれてみれば、そんな気しますね。あたしも、もともとこの街にどうしても来たくて来たんじゃないですから」

「それはあたしもよ。ま、それはおいといて」

「人殺しのお友達の話、ですね」

「あのさ。お客ってさ、みんながみんな単純に、セックスだけしたがる訳じゃないじゃん」

「はあ。確かに、お話だけでいいよとか、デートだけでいいとか、添い寝だけでいいとか、ウンコするとこ見せてくれるだけでいいとか、手だけでいいとか、いろいろいますよねえ」

「その子はね、一緒に実家に行ってほしいって頼まれたんだって。僕の家族に会ってくれ、って」

「いきなり結婚、とかいい出すテンパッたやつ、みんな一度は当たりますよ。あたしだってありますから」

「あたしもあるよ。でも、それとは違うって」

サキはいつしか、眠気に襲われていた。甘く気怠《けだる》い水に浸《つ》かるようだ。このまま眠って目覚めなくてもいいというほどに。

……だから。夢を、見た。

＊

「僕の実家は、廃屋《はいおく》になっているんですよ」

ひどく暗い道だった。きっと田舎なのだろう。それでいて、どこかに退廃の雰囲気もある。自堕落《じだらく》な臭《にお》いもある。

遠くに見えるのは普通の家の灯《あかり》ではなく、いわゆるネオンだ。ベニヤ板でこしらえた背景みたいだ。すべて嘘っぽく、安い。なのに、背景にとてつもなく暗く怖い何かを隠している気配が満ち満ちている。

「廃屋。つまり、荒れ果てた空き家？」

「そう。でも、家族はいる」

「だったら、廃屋とはいわないいんじゃないの？」

「いいえ。廃屋なんですよ」

「わかんないわ」

「何にしても。君に来てほしい」

「なぜ、あたしと？」

夢らしい夢だ。悪夢らしい悪夢だ。サキは暗い道と自分達を俯瞰《ふかん》もしているし、隣に立つ女でもある。

自分の後ろ姿が見えるのに、後ろ姿の自分も自分だ。夢はこんなふうに、常に視点がいくつもある。時には見知らぬ誰かの心情も、寝床にいる自分の気持ちも同時にあったりするのだ。

「紹介したいから」

「誰に？」

夢の中のサキはサキでありながら、サキではない。見知らぬ女でもあるのだ。ましてや隣の男など、暗闇と相まってまるでその正体がつかめない。この夢の世界では、最も恐ろしいやつかもしれないのだ。

だからといって、逃げる術《すべ》はない。ただ、夢が覚めるのを待つしかないのだ。夢はうたかたのものでありながら、執拗《しつよう》な黒い夜でもある。

「……家族に」

「あなたの、家族」

「そう」

男は一度も、サキと顔や視線を合わせない。暗い彼方《かなた》ばかりを見つめているのだ。

「どうして」

「理由は、会えばわかる」

そういわれても、わからない。自分は何のために、この見知らぬ男の家族に会わされるのか。普通、こんな状況では交際だの結婚だのだろう。だが、自分は男の素性《すじょう》すらわからないのだ。

季節がいつだかも、わからない。だが、吹く風は奇妙に爽《さわ》やかだった。寒気《さむけ》がしても、清《さや》かだった。だからこそ、そんな風の向こうにとてつもなく嫌なものがあることはわかるのだ。惨劇の始まりには、いつもきれいな風が吹く。なぜ断言できるのかも、わからないけれど。

深い森の彼方にでもなく、複雑な迷路の突き当たりにでもなく、切り立った断崖の上にでもなく、男の家は現れた。

ひどく凡庸な家だった。まさに、特徴がないのが特徴だ。洋風ではなく、しかし純和風でもない。ひどく荒廃はしていないが、異様な緊張感は醸《かも》し出していた。無人の家だけが持つ、黴《かび》くささと空気の澱《よど》みは伝わってきた。

「ご家族。どこにいるの」

「すぐに会えるよ」

庭の方が荒涼としていた。暗いのではっきり見えないが、枯れた花と死んだ鳥と毒虫しかいない、そんな雰囲気だ。

男は先に立って入っていく。置いていかれる方が恐ろしく、ついていく。ひんやりとした玄関。誰かの視線がある。でも、どこからかはわからない。親なのか、兄弟なのか。それとも異形のものか。

進んでいくうちに、荒廃もひどくなっていく。何かの黒い液体が染《し》み込んだ畳は、水害にでもあったかのようにふやけて膨らんでいる。障子《しょうじ》と襖《ふすま》は、明らかに誰かの手で乱暴に破られていた。

「……さん」

男は腐った畳の上を軽やかに土足のまま歩いていき、誰かを呼んでいる。とても嫌な名前だ。ちゃんと聞き取れないのに、そう思う。きっと死体の名前を呼んでいるんだと、思わされる。

「いる？　……さん」

長い廊下を、その名前を呼びながら歩く。いつのまにかしっかりと、傍《かたわ》らの男の腕を握っている。寄り添わなければならない。襲われないために、逃げられないために。その廊下を歩く間に、男に恋をした。

自分にはこの男しかいないのだと。絶望の思いか希望の思いか。自分であり、見知らぬ女でもあるのだ。どっちがどっちの心情なのか。

ともあれ、突き当たりの部屋に着いた。男は前を向いたまま、いう。

「……さん。連れてきましたよ」

男が振り返る。真っ暗で、顔が見えない。まるで暗闇がしゃべっているようだ。暗闇は確かに真っ黒な口を開けて笑った。

「……さんを、殺した女を」

何かの黒ずんだ液体が飛び散った襖に、男は手をかける。軽やか、涼しげといってもいい音を立てて、それは開かれた。庭にいた鳥が、人間の声を立てて鳴いた。その人の名前を呼んだ――。

＊

エステやマッサージにたまに行くが、行くとサキは必ず寝てしまう。そうして、自分のイビキで目を覚ますのだ。

だが、今回は違った。自分の悲鳴で目を覚ましたのは初めてだ。

「……あ、あれっ」

さすがに、ここはどこ？　といった深い寝惚《ねぼ》け方ではなかったようだ。サキは瞬時に、自分がいるのはいつもの控え室であることはわかった。

こんなに、控え室をありがたい懐かしい場所だと感謝したことはない。

「やだねぇ。あんた、お疲れかもしれないけどすぐ出られる？　前に行ったことあるだろ。××アパートのモリグチさん」

「あ、はいはい」

起き上がるサキは、開け放した襖の向こうにいるのが、電話番のママさんであることにも心底から安堵した。こんなにも、ママさんを親しみある人だと思ったことはなかった。

「あのう、ナオミさんは?」

「えっ、ナオミ?」

昼間に取った客の男よりも、夢の中でつかんだ男の腕の感触の方が生々しい。

「出てったよ、ついさっき」

「あ、そうすか」

いつ話は終わったのか。いつナオミは出ていったのか。いつ、ママさんは来たのか。すべてわからない。きっと人殺しの話の続きも、永遠に聞けないという気がした。自分は夢の中で、その人殺しのお友達になっていたのかということも。

やがて女の子達が何人か出勤してきたり仕事から戻ってきたりして、六畳間は賑《にぎ》やかになった。ヤスコも化粧直しをしながらほか弁をつついているし、アケミはこのタレントもこのタレントも知っていると、ブラウン管を指している。二人はサキの方を見ていった。

「サキ、居眠りしてたの」

「うん、でもすぐ出勤」

「ハネたら、カラオケでも行くぅ?」

サキも、これから数少ない指名客の元に出向くのだ。これまた好きになれないモリグチという、やたらに調子がいい癖《くせ》に人の目を見られないアンバランスな男だが、あの夢の中の男ではないというだけでも今夜は好きになれそうだった――。

＊

それでも仕事を終えて迎えの車に乗った時、サキは本当に疲れているのを実感した。自分から自分が離れていきそうだ。

黙って発進させたドライバーのヨシ君は、大通りに出てから口を開いた。

「あのな、ナオミさんがパパさん殺してしもうた」

「は」

とにかくサキは疲れていた。また居眠りしそうだったが、嫌な夢の続きを見たくないから我慢していたのだ。そこに、こんな台詞《せりふ》だ。

「もう一回、いって」

すでに車は速度を上げている。サキは気怠くシートにもたれる。驚くべきか恐がるべきか。ヘンな冗談やめてと怒るべきか。ぼうっとして、わからない。

「ナオミさんが、パパさん刺し殺した」

「どこで」

「事務所」

「なんで」

「前々から、あの二人デキてたんすよ。知らなかった?」

じゃあ、あの時すでに殺す気だったのか。それとも、サキにヘンな話をしているうちに、変調を来《きた》したのか。……人殺しのお友達に、そそのかされる夢でも見たのか。

「警察とか来てて、今帰れないっす」

「じゃあ、ヨシ君とこに連れてって」

しばらくヨシ君は迷っていたが、何やら携帯でいくつか電話した後、うなずいた。前を向いたままだ。その時ふと、夢の中の男はヨシ君だったのではないかという気がした。

「俺もすぐに帰りたくないから」

ヨシ君なんか何の思い入れもない。ただ、事務所に戻りたくなかった。道がどんどん、夢の中のそれに似てくることも、もうどうでもいい。

「……店、変わり時かな」

次の店でサキは、きっという。

「あたし、人殺しの友達いるんだよ。ナオミっての」

もしかしたら、こういわなければいけないかなと、ヨシ君の後ろ頭を見ながら思う。

「ううん、友達が、じゃなくて。あたしが人殺しなんだ」

どこかにいる、そんな女

＊

おかしな男だなと気づいたのは、いつだったか。

そもそも大崎《おおさき》とは、いつ出会ったかもはっきりと覚えていない。間違いなく、場所は大江戸《おおえど》テレビだったはずだ。おそらく、スタジオの中か打ち合わせをする局の近くの喫茶店Qだったろう。

それでも私は、大崎にいつどこで会ったかを聞かれると、困ってしまうのだ。いや、困りはしないか。誰も私に、そんな質問をしないのだから。

大崎は、たいていの人に無視まではされないが、ああそこにいたのかという程度にしか認識されない男なのだ。

かつては私も、そうだった。いや、今もか。

今現在は、大江戸テレビでそこそこの仕事をしているリポーター、渡辺《わたなべ》さおりという名前がある。街を歩けば、二十人に一人くらいは気づいてくれる。

大崎を知る人は、大江戸テレビにしかいない。

それは誇張にしても、大崎はタレントでも犯罪者でも有名人でもなく、大江戸テレビのディレクター、いってみればまぁ、普通の会社員なのだ。一般のそこいらの人が、知るはずもない。

＊

短大を卒業して、とりあえずは中堅どころの商社に一般事務として入った。そこで何かに目覚めるとか、激しく何かに苛《さいな》まれるとか、なかったはずだ。それでも私は会社の帰りに、休暇に、アナウンススクールに通った。いずれアナウンサーになるだの、そんなとんでもない野心を抱《いだ》いていたのではない。たぶん、ダンス教室や陶芸教室や料理教室に通うのと、同じような気持ちだったろう。プロになれるはずもないし、目指してもいないが、上手になれれば嬉《うれ》しいな。その程度の軽い気持ちだ。

けれど私は、順調に仕事をもらえるようになっていた。結婚式の司会や遊園地のアトラクションの司会から始まり、ダメでもともと、いや、宝くじに当たるくらいの気持ちと確率を予想して大江戸テレビのオーディションを受けたら、受かってしまったのだ。

去年。二十五になったばかりの頃。おばさんではないが、若いと感嘆されるほどのものでもない。また容姿も、微妙なところだというのは自覚している。

お世辞ぬきに美人だ！　と誉《ほ》めてくれる人もいれば、ちょっとあんたには言われたくないよというような相手に、「たいした顔でもないくせに」と陰口《かげぐち》を叩《たた》かれもする。そんなに痩《や》せてはいないのに、なぜか痩せていると思われる体型で、化粧をすればきつめの顔立ちとなり、落とせば童顔になる。

そんなふうに、熱烈なファンやマニアはつかないまでも、いわゆる主婦達から反感は買わない姿形とキャラクターだったから、すごい人気は出ないまでも、そこそこの仕事はいつもあるという、使い勝手のいい女だ。

そんな私は、情報番組のアシスタントからのスタートだった。もちろん、私が出世頭《がしら》ではない。同じようにリポーターになった女の子の中には、自分の名前を冠したコーナーを持たされているのもいる。

それこそテレビドラマみたいに、ドラマチックなシンデレラストーリーがあったのでもなく、有力者に体を提供したのでもなく、タイミングと持っている運の強さみたいなもので、すべて決まっていたようだ。

大崎に出会ったのは覚えていなくても、大崎という男を認識したのは、私のレギュラー番組の『平成おんなのこ』だったろう。正確には、その後の打ち合わせの喫茶店Qだ。

「渡辺さんて、エッセイの連載を持つんだってね」

「ええ、まあ」

「文才、あるんだ」

「文才ってほどじゃあないと思いますよ」

「いやいや、あるよ。だから依頼が来たんでしょ」

これは正直に言ってもいいし、かなりの人が知っていることなのだが。私はアナウンススクール時代、インタビューの練習として相手をしてもらった地元情報誌の編集長と、後《のち》に関係を持つようになっていた。

彼、叶井《かない》は私のおよそ二倍の年齢。当然ながら、妻子もち。そんなの、どうでもいいことだ。大崎よりはいい男だけれど、狂うほどに愛してもいない。だから、長続きする予感を得られる男だった。

その叶井が、地元の情報誌ではなくそこそこ売れている全国版の情報誌に、

「簡単なエッセイとか書いてみないか。さおり、文章書くのも好きだと言ってただろ。気楽に、テレビのこと書いてみたら」

と紹介してくれたのだ。担当の編集者に会ってみたら、その男は私を美人と思うグループの一員だったという訳《わけ》だ。

ちなみに彼は吾妻《あがつま》という名前で、三十になったばかりだ。本当は文芸誌にいきたかったという、いかにもそんなふうな線の細い色白の、まずまずの美男だった。

しかし私は、吾妻には妙な気持ちを持てないでいる。吾妻もまた、大胆な誘いや公私混同はできない性格だった。また彼は、叶井との関係も知っていた。

それでも吾妻は、おずおずと近づいてきた。

「小説みたいなものも、書いてみませんか」

そんなことを言ってきたのだ。さすがに小説は書いたことがなかったし、また書けるとも書きたいとも思っていなかったが、とりあえず一票というやつだ。支持してくれる、下心を抱いてくれる男は、一人でも多い方がいい。

だから吾妻にも、「ええいつか書きたいです」と、曖昧《あいまい》な約束をしてあった。

意外にもか、予想通りか。叶井は、男としてではなく文筆に携《たずさ》わる者としての軽い嫉《しっ》妬《と》心から、

「さおりに小説は無理だろう」

唇を歪《ゆが》めて笑っただけだった。だが、大江戸テレビの大崎が、妙な食いつき方をしてきたのだった。

「ぜひ、渡辺さんに書いてほしい題材があるんだ」

誰の口から大崎に、小説を依頼されているといった話が伝わったのか。深く詮索《せんさく》もしないが、ともあれ大崎はそういって近づいてきたのだ。

「なんでしょうか」

「僕の、ちょっと知っている女の話」

私はその女に興味を惹《ひ》かれたのでも、大崎もとりあえず一票に勘定《かんじょう》しようとしたのでもない。大江戸テレビで、もっといい仕事をもらおうと計算したのでもない。

ただ、なんとなく断れなかっただけだ。

「タレントさんですか」

「うーん、タレントの卵かな。正確には」

連れて行かれたのは喫茶店Qではなく、もう少し離れた場所にある店だった。ここにはあまり、大江戸テレビの関係者は来ないからと。

「そんな、ドラマチックな人ですか」

大崎が語った話は、少しだけ奇妙だった。

でもない。今、僕が適当に決めた名前。

＊

その女の子は、そうだな、仮にエミリとしておこうか。もちろん本名でもないし、芸名でもない。今、僕が適当に決めた名前。

エミリは、実際の年齢は三十半《なか》ばなんだけど、ものすごく若く見えるんだ。普通に間近《まぢか》で見れば、二十代の後半。モデルをやってて、うんと若い格好《かっこう》をして小さな写真になれば、冗談じゃなく十代にすら見える。

だから、ちょっと前までティーン雑誌のグラビアもやってたんだよ。さすがにアップはごまかせないけど、小さめの写真なら、充分に勤まった。ティーンのモデルとして。

そのエミリが、大変な目に遭《あ》い始めたのは去年の夏頃。僕と知り合った頃だ。

大江戸テレビの深夜番組、知ってるかな。そうそう、あれ。ちょっとエロいやつ。あれには女の子が大勢出てるでしょ。水着やミニスカートで。まあ、いっちゃ悪いけど質より量で勝負、ピンでは売り出せない、若さだけが取り柄《え》の女の子達。

最初、エミリはそのオーディションに来たの。えっ、見かけはともかく、三十半ばで、二十歳《はたち》って？　うーん、それはそうなんだけど。とにかく若く見えるんだよ、エミリは。

そこそこの女の子達の中にいても、違和感なかったんだから。

エミリは、小さい事務所に所属していた。インチキとまではいかないけど、AVもやってるし、何かと噂のあるところだった。

残念ながら、最終でエミリは落ちてしまう。事務所のせいでもなく、まあ彼女のせいだ。トロくはないにしても、はきはき受け答えができるタイプでもなく、一般の女性の中では美人の部類でも、芸能界では際立《きわだ》った容姿でもない。

落ちてしまったけど、僕はエミリに何か光るものを見つけた。

これまた残念ながらなんだけど、ご存じのように僕にそんな強い発言権なんかないからね。強引に合格させるとか、どこか別の番組にねじ込むとか、無理だった。

それでも僕は名刺を渡して、何か力になってあげられるかもしれないといってあげた。

翌日からだ。エミリの身の上に、いろいろなトラブルが降りかかったのは。

エミリは事務所に入った時から、社長とマネージャーに言い寄られていた。個人的に付き合えと、何度も危ない目に遭わされていた。

ある時エミリは、一人で事務所にいる時、社長に薬を嗅《か》がされて乱暴された。さらに、マネージャーに拉致《らち》されて空きビルの一室に連れ込まれて、五人くらいの男に輪姦《りんかん》されたんだ。

えっ、なんで警察に届けないかって？　エミリは両方とも、ビデオや写真を撮られているんだ。警察に届けたりしたら、即座に親の元にそのテープや写真が送られるようにしてあるというんだ。

うん？　なぜそんな事務所を辞めないかって？　辞めると一言でも言えば、激しい暴行を受けるらしい。エミリは怯《おび》えてしまっているんだ。

さらに、エミリに恐ろしい事件が起こる。君も知っているだろう、ブルーシップ・プロ。今一番勢いのある、芸能プロダクション。胸の大きさに関係なく、とにかく美形のグラビアモデルばかりそろえてあるところだよ。

エミリはそこの社長にも、付け狙《ねら》われ始めるんだ。ほとんどストーカー化して、エミリの自宅マンションだけじゃなく、実家まで突き止めてしまったらしい。

今の事務所を辞めてうちに来い。そして、俺の女になれよ。そうすればブルーシップのイチオシのアイドルとして、大々的に売り出してやるから、って。

今のエミリには、どこにも居場所がないし、安らぐ相手もいない。常に男に付け狙われて脅《おど》されて、迫《せま》られている。

僕はそれも心配でならない。なんとかして守ってやりたいけど、エミリは大ごとにしないでほしいと懇願してきた。

自分さえ大人しくしていれば、丸く収まる。それに自分はまだ、芸能界への夢をあきらめも捨てもしない。卑怯《ひきょう》な手段でも、安易な手をつかってでもなく、正々堂々と挑《いど》んでスターになりたい、ってね。

だから僕は、ものすごく困っている時は助けを求めてきなさいと、言ってあげた。

エミリはそれから、しょっちゅう僕に助けを求めてくるようになったよ。助けて！　今マネージャーに見張られているの。……僕はそんな押し殺した声の電話をもらって、慌《あわ》てて自宅まで飛んで行ったよ。幸い、マネージャーはあきらめて立ち去った後だった。

すごい暴行を受けて歩けないの。ある時、そんな息も絶え絶えの電話を受けもした。エミリが置き去りにされているという公園に駆けつけた。エミリは幸い、それほどの怪我《けが》はしていなかったけど、病院に連れて行った。全治三日の診断書をもらったよ。

うーん、君はいちいち疑り深いなぁ。本当なんだよ。エミリは本当に怖い目に遭っているんだ。

これ、小説にしてほしいの。いずれ、大江戸テレビでドラマ化するからさ。僕が最初は脚本を書くと話を持っていったけど、もっと名前のある人の作品でなきゃと断られた。

＊

「……これってどう思う？　何から何まで嘘くさい話でしょ」

叶井といつも行くホテルで、私は大崎の話を教えた。

「そもそも、三十半ばなのに十代にも見える。って、それが嘘くさくてならないわ。大崎さんにだけそう見えてんじゃないの」

五十になる叶井は、それこそ同年代の男に比べればあらゆる面で若いが、一度愛し合った後は疲れてベッドに横になったまま怠《なま》け者になる。

コーヒーをいれるのもテレビのチャンネルを変えるのもルームサービスを頼むのも、私の仕事だ。返事まで、うんうんという生返事になる。

「周りの人には歳相応に見えるから、オーディションも落ちてるんでしょうに。ていうか、そんな歳でオーディション受けに来るっていうのも、なんかおかしいよね」

「ううん、まあな」

傍《かたわ》らで寝転ぶ私は、大崎が最後に見せてくれた携帯電話の中に保存してあるエミリの顔写真を思い浮かべていた。

携帯の中、しかも輪郭がぼやけ気味、さらに小さめなので、確かに十代に見えなくもない。が、様々なごまかしの条件のもとであるのだから、本当に十代に見えるわ、とは言えなかった。大崎にも。

「そりゃ、少なくともブーではないけど。びっくりするような美人でもないの。大勢のグループの中にいたらまぁ許せるレベル。でも、ピンではキツイ」

なんとなく私は、エミリに嫉妬混じりの感情を抱いている。嫉妬の対象になるほどの女ではないし、ましてや大崎に特別な気持ちなど微塵《みじん》もないのに。

「事務所の社長からマネージャーから、さらにはあのブルーシップの社長までが、わらわらと群がるような女じゃないよ。だいたい、所属している小さい事務所の方はともかく、ブルーシップの社長なんか巨乳からロリからスレンダーなモデル美女まで、選《よ》り取りみどりな訳じゃない」

完全に疑ってかかっているのに、なぜか私はやはり、エミリに嫉妬心に近い気持ちを持っているのは認めなければならないか。

「それに、いちいち暴行されて写真を撮られているってのも妙だし、殴られて大怪我って割には診断書が全治三日だったり」

そこでようやく叶井は、寝返りを打って私の膝《ひざ》に頭を乗せた。

「そのエミリってのを見たことがないんで、なんともいえないけど」

私は、頭を撫《な》でてやる。熱烈な思いは抱けなくても、慣れ親しんだ匂いと肌の男。少なくとも私は、男運ではエミリに勝っている。ドラマチックさでは負けても。そのドラマチックも作り物だとしても。

「それをさおりが小説にして、大江戸でドラマ化ってのは、いくらなんでも無理がありすぎだろう」

「なんで。私に書けっこないって?」

「違うよ。だって、この上なく陳腐《ちんぷ》な話だよ」

「大崎さんは、ものすごく劇的な話だっていってたけど」

「はは。こういっちゃなんだけど、頭のおかしい自意識過剰の女の、単なる狂言って可能性が一番高いんだから」

「そう。そうよねー」

もう一時間ほどもすれば、叶井は妻子の待つ自宅に戻らなければならない。

たまに。ごくたまにだが。帰らないでよ、と叫びたくもなる。

私、エミリより可哀想かも。私を強引に奪おうとする男も、無理矢理にでも自分のものにしようとする男もいないのだもの。

だからか。エミリという女に嫉妬心を抱くのは。絶対、狂言に決まってる。妄想に間違いないと確信しているのに。

「そもそもエミリという女に、興味を惹かれないんだよな。三十半ばにもなってアイドルを夢見てオーディションを受けている、そんな歳になってもグラビアアイドルになれると信じている、といったあたりはおもしろいけど」

なんとなく、私自身をせせら笑われている気にもなった。私はまだ二十五だけれど、そして全国区の人気アナウンサーになれるとまで妄想してないけど、大江戸で看板リポーターくらいにはなれるかも、とはちょっぴり期待している。いや、妄想しているか。

「だけど考えてみれば、大崎さんもヘンよね。誰が聞いても嘘くさい話、胡散《うさん》くさい女なのに。信じきっちゃってるよ」

「大崎さんは、そのエミリちゃんと関係を持ってるんじゃないの」

何気なく冗談めかして、叶井はいったはずだ。なのに私は、なぜかぞくりと寒気《さむけ》を覚えていた。膝に乗せた頭を撫でる手が、止まったほどに。

携帯の中のエミリの写真が、不気味な笑顔になって思い出された。

＊

翌日、打ち合わせをお願いできませんかと吾妻を呼び出した。

大江戸テレビに程近い、Qにだ。もしも叶井に見られても、仕事の打ち合わせをしていたといえる。

別に吾妻との間に後ろめたいことは一つもないが、叶井はどういう訳か吾妻だけにはおかしな警戒心を抱いていた。

「あの男、さおりに仕事以上の感情をいれてきているよな」

自分から紹介しておきながら、この調子だ。一度、三人で会ったら、

「吾妻、最初から色目を遣《つか》ってきたな」

後からそんなふうに、唇を歪《ゆが》めたのだ。そういう軽い嫉妬は、決して居心地悪いものではない。私は本気で叶井を怒らせないよう、しかし安全圏内の嫉妬心は煽《あお》れるよう、

「吾妻クンって確かに、私を好きかも」

くらいのことは口にしていた。

その吾妻に聞いてほしかったのは、当然だが大崎の話だった。いや、エミリという奇妙

な女のことだ。

「……なんか、不思議な話ですね」

歳は上だが、吾妻は常に敬語だ。そして、頭ごなしに否定したり、鼻で笑ったりという真似《まね》は決してしない。

「でしょう？　いろいろなところで辻褄《つじつま》が合わないっていうか。最初からずれてるというか。途方もなくヘンテコな話じゃなくて、まぁそういうこともあるかなぁと思わせる登場人物と、話なのに」

向かい合う吾妻は、行儀よくコーヒーを飲んでいる。そういえば彼は、食べ方飲み方はきれいだ。セックスは弱そうだけれど、育ちは良さそうだ。

「僕の知り合いにも、その手の人はいましたよ。男はみんな自分にいやらしい妄想を抱いていると思う女とか、逆に男に対していやらしい妄想を抱いている女とか。まぁ、美人といえなくもないかなというくらいの人でした」

吾妻が悪口を言うと、なんだかひどくきつく響く。この人には言われたくないなぁ、もしかすると怒らせたら怖いのかなぁと伝わってくる何かがある。

「うーん、ありがちな女なのかな」

「あと、二度ばかり誘われたら相手をストーカー呼ばわりする女とか。どう見ても歳相応なのに、自分はものすごく若く見られると言い張る女とか」

そういえば、吾妻の女関係はどうなっているのだろう。聞いたことがない。別に、興味もないけれど。

「エミリちゃんも、その一味なのかなぁ」

「いつもいつも旦那に激しい暴行を受けているとかいいながら、どこにも怪我をしていない女というのもいますよ。うちの編集部にも出入りしているライターさんだけど」

「なんなんでしょうねー、そういうの。注意を引きたいのかな。それとも、本人は本気で信じ込んでいるのかな。すごく思い込みが激しいとか」

「エミリさんとやらに会ってないので、そこらへんはなんともいえませんが。ただ、一つ疑問がありますね」

「なんでしょう」

吾妻は別に脅したり、私の様子をうかがうという態度や表情を見せたのではない。しかし私は、そんな吾妻の淡々とした表情と口調に、確かな戦慄《せんりつ》を覚えた。

「本当に、エミリという女は実在するんでしょうか」

「……それって」

「大崎さんの作り話。いや、妄想ということはありませんか」

「えーっ、エミリはいないって？」

エミリが怖いのではなく、大崎が怖かった。もしかしたら、目の前の吾妻が誰よりも怖かったのかもしれない。

「大崎さん以外に、会っているのは事務所の社長にマネージャーに、ブルーシップの社長ですか。でも、それは大崎さんの口から聞いただけでしょう」

「そ、そうですね」

「実際に彼らに会って『エミリという女を知っていますか』と訊ねたら、『誰ですかそれ』みたいな答えが返ってくるということもあり得ますよ」

「あ、でも私、大崎さんに写真は見せてもらいました。携帯に保存してある、小っちゃいものだったけど」

澄ました気取った顔だったはずなのに。今では私の頭の中で、ひどく不気味な薄笑いを浮かべているエミリという女。

「それが本当に、エミリかどうかもわからないでしょう。もしかしたら、まったく違う女の写真だけ見せて、『これがエミリだ』といっている可能性だってありますよ」

アナウンススクールに通ったり、テレビに出たり。それは大胆な行動ととる人もいれば、そんなの普通の会社に入ることや、やや危険な外国に一人旅をするくらいの冒険でしょうと受け流す人もいる。

私の好奇心と、怖いもの見たさの気持ちも、普通の女の範囲内に充分収まるものだったろうか。

＊

エミリの事務所の社長やマネージャーは、どこの誰かはわからない。だから、確かめようがない。教えてほしいと大崎に電話したら、あっさりと断られてしまった。

「今はまだ、危険だ。エミリにとっても、渡辺さんにとっても」

といって、今をときめくブルーシップの社長さんを捕まえて、話を聞きたいとも言えない。万が一会えたとしても、なんと話を切り出せばいい。

「あなた、俺の女になればアイドルとして売り出してやると、三十半ばの女にしつこく迫ったそうですね」

などと、いえやしない。これまた万が一本当であったとしても、見るからに昔も今もワルかったふうの社長に睨《にら》まれては、仕事を干《ほ》されないまでもそこそこに怖い思いはさせられることになるだろう。

だったら。もう、大崎に直接また会うしかなかった。

「例の話の小説化……なんですが。知り合いの編集者に話したところ、なかなかおもしろそうじゃないかと好感触を得たのです」

そんな、完全に嘘ではないが、まあかなり脚色した返事を電話でしたのだ。

大崎は、大乗り気で「次の打ち合わせをしましょう」と弾《はず》んだ声をあげていた。すかさず私は、畳《たた》み掛けたのだ。

「すみません。当のエミリさんに会わせていただけませんか。やはり、私も直接お会いして話を聞きたいのですが」

電話の向こうで、わずかな躊躇《ためら》いの沈黙が生まれた。私の中にも、好奇心を薄める恐怖心が滲《にじ》みのように広がった。

「わかりました。では、私の指定するところに来てください。さっそくですが、今日はもう遅いので明日。明日は渡辺さんも、仕事はないでしょう」

そうして大崎が指定したのは、驚くほどヘンな場所ではなかったが、ちょっとおかしな場所だった。エミリはきっと怖い姿で来ると、暗い予感が湧き上がる場所だった。

＊

自分が無名のそこらへんの女でしかないことに、強烈な焦燥感《しょうそう》を覚えたり。逆に、しみじみとした寂しさを覚えたり。

そんな、傲慢《ごうまん》なんだかいじけているんだかわからない日々が、あっただろうか。

誰か私を見つけて。もっと陽の当たる場所に連れ出してよ。

そんないやらしいシンデレラ物語を夢見たり、していただろうか。

自分でも、よくわからない。そんなに、私ってなんなのかとか、こんな私になりたいとか、考えていたんだろうか。

とりあえずＯＬだった頃アナウンススクールへ通い、オーディションに受かって大江戸テレビのリポーターになり、レギュラー番組も持った。スクール時代に知り合った地元情報誌の編集長と愛人関係になり、もっと有名な全国版の情報誌にエッセイを書いてみないかと紹介され、そこの編集者にも気に入られた。

さらに大江戸テレビのディレクターにも、ちょっとヘンな方向にだけれど目をかけられている……。そのディレクターと担当編集者によって、もしかしたら小説でもデビューできるかもしれないのだ。

　こう並べていけば、けっこうとんとん拍子《びようし》ではないか。それこそ、普通のＯＬが夢見るささやかな、身の丈《たけ》にあったサクセスストーリーとしては。

「私は欲がないなんて、到底《とうてい》いえませんよ。そんな女なら、こういう仕事してません。でも、身の程はわきまえているつもりです。だからかな、そのエミリって女にヘンな腹立ち、苛立《いらだ》ちを覚えるのは」

　私は、普通のＯＬ然として微笑《ほほえ》んで見せたつもりだが。目の前の吾妻には、ううんアタシはそこいらのＯＬじゃなくてテレビに出ている選ばれた女よ、そんな思い上がった表情に見えたかもしれない。

　いずれにしても私は、エミリに比べればもっと冷静なはずだ。

　本当に私がもっとヘンな野心に燃える女なら、「いつになったらアナウンサーになれるの。今はしょせん、その他大勢の一人でしかない」「あんな業界内有名人じゃなく、もっと有力な男の庇護《ひご》を受けたい」「小説でも華々《はなばな》しく賞を獲《と》りたい。もっと才色兼備と認められたい」なんて、焦《あせ》ったりあがいたりヘンな工作をしたりしている。

　そう。エミリみたいに。なんとなくエミリは天然で頭おかしいんじゃなく、けっこうな計算をしてから大崎を操っているんじゃないか、そうも思えてきているのだった。

「渡辺さんが、そんな女かどうかはおいといて。確かにエミリという人はおかしい」

「大崎さんは、信じきってますけど。彼女はおかしくない、って」

「滑稽《こっけい》な方のおかしいじゃなくて、ヘンな、怖い方のおかしさがあるのは間違いないですよ。でも渡辺さんに、それはないです。あなたはあなただ」

「あは。吾妻さんが言うと、なんか説得力ありますね」

「凄《すご》みもある、といってほしいな」

大江戸テレビに近い喫茶店Qには、東南アジア風のレモンソーダというメニューがある。そんな特殊なものではない。ソーダ水のグラスにはガムシロップではなく、普通の白いグラニュー糖を入れてあるのだ。

溶けきらないグラニュー糖をストローで吸うのは、ざらざらと妙な舌触りと甘さがあり、少しだけ吸う力がいる。なんとはなしに、女が飲んでいるとエロチックらしい。同期のリポーターに教えられて、あっそうか、と納得した。

ちなみに彼女はもう、自分の名前を冠したコーナーまで持っている。どのディレクターとここに来てソーダを飲んで見せたかまでは、教えてくれなかったけれど。

私はエロチックな気分なんか抱いてほしくないから、大江戸テレビの大崎とはしょっちゅうここに来ても、一度も飲まないでいた。

愛人関係にある叶井とは、ここには来ない。今さら、エロも何もないし。担当編集者になる吾妻とは、何度か来た。けれど、やはり一度も頼まなかったレモンソーダ。

今日、頼んだのはやはりある種の誘惑と救いと悪巧《わるだく》みのためなのか。こんなささやかな方法で、全面的な味方につけられるとまでは思わないけれど。

「で。渡辺さんはそのエミリさんとは、これから会うんでしょう」

「会わなきゃいけないでしょう。こっちから頼んだんだから」

私の口元に、エロチックな何かや黒い何かを感じ取ってくれているのか。しかし目の前の吾妻は、行儀よくコーヒーを飲むだけだ。

「大崎さんも、ちゃんと来るんでしょうね。エミリさんと二人きりじゃ、ちょっと怖いですからね。まぁ、エミリさんとやらも一人じゃ来られないでしょうが」

吾妻は、念を押す。相談しているというより、取調べを受けている気分にすらなってくる。吾妻は物腰も柔らかく、口調も丁寧《ていねい》で、ついでになかなかの美男なのに。

ともあれ。エミリに会わせてもらえる、今夜。その前に呼び出したのは、愛人の叶井でも当の大崎でもなく、担当編集者の吾妻だった。

担当編集者といってもまだ、作品は渡していない。エッセイの連載は三ヶ月後に始まるのだし、小説もまだ「書いてみましょうか」の段階だ。

そんな彼を呼び出したのは、叶井の勘違いでなければ「あの男、さおりに仕事以上の感情をいれてきているよな」ということによるか。

違う。大崎、叶井と並べてみれば、最も彼がエミリについて「えっ!」と戦慄するようなことを淡々と言ってくれたからだ。

本当にエミリという女は実在するのか。大崎の作り話、妄想ではないか。実際に事務所の社長らに会ってみれば、誰ですかそれみたいな答えが返ってくるのでは。携帯電話に保存されている写真は別の女ということもあり得る……。

叶井はエミリは実在するとした上で、「頭のおかしい自意識過剰女の、単なる狂言って可能性が一番高い」と苦笑した。エミリが実在するならば、叶井の意見が的確だろう。

「私も、エミリなんて本当にいるのかな、と思いましたよ。そうしたら大崎さん、会わせてくれるって。とりあえず、会ってきます。今夜連れてくる女も、もしかしたらエミリに仕立て上げた別人なのかもしれないけど」

「それにしても、ちょっと妙な場所ですね」

吾妻はさっきからずっと、私の口元を見つめていた。レモンソーダを吸う口元が象徴するものに、淫靡《いんび》なものを感じ始めているのか。それは私自身になのか、エミリになのか。

凄みをも感じてほしい。それってかなり、冗談めかしてはいても、本気の入った台詞《せりふ》だ。もちろん今のところ、冗談として処理してあげる。

「そう。大江戸テレビの近所にある、レディース・サウナ。韓国サウナ」

「行ったことはないんでしょう」

「そういう店があるのは知ってたけど。ええ、わりと小ぎれいな店ですよ。でも、通ってるエステサロンあるし。家にお風呂もあって、わざわざ外に入りに行くほどの銭湯フリークでもないし。……まさか、こんな理由で行くとは思いませんでしたよ」

「男達にひどい暴行を受け続けているエミリさんか。でも、体に傷はないんだろうな」

吾妻に見つめられながら、ストローをくわえる。溶けきらない砂糖を、舐《な》める。

昨夜《ゆうべ》の電話。大崎は「えっ、そこって男子禁制では？　大崎さん来られないでしょう」と尋ねた私に、淡々と答えた。

「まずは二人で会ってもらって。それから私と合流です。ヘンな話、渡辺さんはエミリを胡散くさい、クレイジーな女じゃないかと疑ってるみたいだから」

疑ったりしてません。とは、明確に答えられなかった。

「だから妙な凶器なんか隠せないし持てない、裸同然の格好になれる場所がいいでしょう。しかも、周りに大勢の人がいる」

大崎の携帯電話の中のエミリが、曖昧な輪郭で微笑む。曖昧に黒い所を見つめる瞳で。

「何より……エミリの素顔や、本当に若く見える体も見られるんだから」

レモンソーダを飲み干した私に、吾妻はもう一杯いかがですかとも聞かずに、通りかかったウェイトレスに追加注文をした。もっと、ソーダを吸う私の口元を見たいのか。

＊

その韓国式を謳《うた》うサウナは、食堂や休憩室も充実しているらしい。昨夜、大崎との電話を切った後、ネットで検索したのだ。

エミリと会うのは、一階の休憩室。みんな店が用意してくれるピンクのガウンだけ着て、長椅子に寝そべっている画像もあった。

ここで、エミリと会う。素顔で、裸に近い格好で。

漠然《ばくぜん》とした、不安感。エミリが突拍子《とっぴょうし》もない格好で現れはしないまでも、怖い姿じゃないかと怯えてしまう。

具体的にどんな怖さかと問われれば、はっきり答えられないのに。たとえば奇怪な刺青《いれずみ》があるとか。人工的に体のどこかを変形させているとか。そのくらいしか。

「すぐにどの女がエミリさんかわかりますか？　大崎さんの携帯に保存されている画像

「……小さい、あんまりはっきりしない顔しか知りませんよ私」

電話で不安を訴えると、大崎は微《かす》かな笑いを含ませた声を返してきた。

「大丈夫。エミリは、渡辺さんの顔を知っているから。渡辺さんが出てる『平成おんなのこ』も、よく見てるんだよ。けっこうファンらしい。今のところはほら、エミリより渡辺さおりの方がずっと有名で顔を知られてるんだから」

その時は、わりと面映《おもはゆ》いというか、ちょっと嬉しかったり照れたりもしたのだが。よくよく思い返してみると、やや引っかかる言い回しがある。

今のところはエミリより有名。今のところは。

じゃあ、いずれは私よりエミリが有名になるといいたいのか。

低次元の争いだなぁとは苦笑したくなるし、大崎なんかに肩入れしてほしいとも願ってやしないけど。なんとはなしに、おもしろくない。

――約束の時間より、三十分ほど早くサウナに着いた。エミリに、化粧をした顔で対決した方がいいかなとも迷った。すっぴんを見せて、「なぁんだたいしたことないじゃない」なんて内心でほくそ笑まれるのは癪《しゃく》だった。

でも、そうすると逆に「ヘンな対抗意識持っちゃって。見栄《みえ》張って」などと冷笑されそうな気もする。また、別の客に「あ、大江戸テレビのリポーターだ」と気づかれもする。

よしっ。ロッカールームで勢いよく脱ぐと、洗面所で化粧も落とした。まだ時間はあるのだし、ついでにといってはなんだけど、風呂も楽しもう。私は大浴場に向かった。

……それにしても、女の裸というものは。これだけひしめきあっていると、不気味に壮観だ。生々しいのに色気がない。

当たり前だが、人の数だけ体もある。実に様々だ。人気AV嬢や、有名雑誌のグラビアに出してもいいようなきれいに整った裸は、滅多《めった》にない。若ければ締まってはいるけれど、ウエストが寸胴《ずんどう》だったり、足が短かったり。おばあさんは溶けかけた雪だるまみたいだったり、おばさんはまさに肉の塊《かたまり》だったり。

顔はきれいなのに体はイマイチだったり、逆に顔がイマイチなのにすごいナイスバディだったり。清純な顔で陰毛が異様に濃いとエロいし、いかにも遊んでそうな顔なのに少女じみた体だと、切なくなったり。あきらかに、シリコンだか生理的食塩水だかを入れた不自然に丸いおっぱいもある。

幼女や小学生を除けば、「みんなこの体でセックスしてんだなぁ」などと、したくもない想像をしてしまうし。「今はこんなしわしわだけど、このおばあさんだって昔はヤッてたんだ。ううん、もしかしてまだ現役かも」などと、さらに淫靡な妄想もしてしまう。

素顔で頭にタオルを巻いていると、誰も私が大江戸テレビのリポーターとは気づかない。寂しいようなほっとするような。

私自身は、体にそれほどコンプレックスもない代わりに、自信満々でもない。まぁ無難《ぶなん》な体だ。中肉中背という言い方がぴったり。9号サイズがぴったり。これが万能の武器になるとは自惚《うぬぼ》れないまでも、まあまあ有効には働くだろうくらいは計算できる。

「いるのかな……エミリ」

大きな浴槽に浸《つ》かって、ああキモチイイと呟きながら、さりげなく辺りの女を見回す。私がここにいるように、エミリもまた、いるかもしれないのだ。

三十代半ばなのに十代に見える。関わった男がみんな虜《とりこ》になる。惑《まど》わされる。それは誇張、勘違い、作り話にしても、大崎を惑わしているのだけは事実なのだ。

「あの、ここって食堂は二階なんですか？」

お湯に浸かりすぎてぼうっとしてきたところに、不意に声をかけられた。

「えっ、あ、ごめんなさい。ここ初めてなんで、よく知らないんです」

いつのまにか隣に来ていたのは、まだ二十歳前だろうと思われる女の子だった。当然ながら素顔だが、かなり可愛い整った、今ふうの顔立ちだ。

「そうですか。すみませーん」

女の子はにっこり笑うと、勢いよく立ち上がって浴槽をまたいだ。体もまた、見事だった。若いというのもあるが、胸もお尻もみんな、ぴんと張って上を向いている。真っ白な肌に陰毛だけが生々しく黒く、わっ見ちゃった、あっ得した、みたいな、まるで男になったような気持ちを抱かされた。

彼女は洗い場にいた肥《ふと》ったおばさんに同じ質問をし、おばさんは答えてくれたようで、やはりにっこりしてから風呂場を出て行ってしまった。

「あの子がエミリだったりして……」

あり得ないよね。自分に突っ込んでから、私も風呂を出た。すぐに脱衣所には向かわず、洗い場の椅子にかけて休憩だ。あと十分。エミリについて想像をめぐらせるだけで、きちっとした質問事項は用意してない。

大崎は、なんと伝えたか。「君の数奇な運命と出来事を小説化してもらう」と伝えてはいるらしい。「事務所の社長やブルーシップの社長とは何の関係も面識もない安全な人だよ。僕とも親しいし」。そう付け加えたとも。

まさか、「ヘンな女〜。でも興味本位で見たーい。渡辺さおりはそういう気持ちで来るよ」とは囁《ささや》いてないだろう。

——勝負！　の場に、素顔でガウン姿で臨むなんて初めてだ。

待ち合わせの時間まで、あと五分。携帯電話は、ガウンのポケットに入れてある。着信履歴は三つ。叶井、吾妻、それから実家。メールは新しいのは届いてない。かけ直すのは、実際にエミリに会ってからだ。

一階の休憩室には、ソファと長椅子が整然と並べられてある。七人の女がいた。ソファに並んで韓国語でおしゃべりしている、年格好も顔立ちも似た中年女が三人。長椅子で熟睡している、痩せて萎《しな》びたおばあさんが一人。これも友達連れらしい、隣り合った長椅子に寝て韓国スターの話に夢中になっている、失礼だけど若いのにもっさりした女が二人。あともう一人。五十を越えているだろうに、肌が艶々《つやつや》してスタイルもいい、素人《しろうと》ではないとわかる女。なぜか床に直《じか》に座って、煙草《たばこ》を吸っている。

もしこの中にエミリがいるとしたら。おばあさん以外、みんな可能性がある。そう思えた。もしもこのおばあさんだったとしたら、話は一番おもしろくなるとしても。

それともまだ、来ていないのか。

隅《すみ》の長椅子に、仰向《あおむ》けになる。早く、声をかけて。声をかけられるのが、怖い。エミリを見たい。エミリが、怖い。

……目をつぶっているうちに、どれくらい時間が過ぎたのか。

昨夜はあまり寝られず、その前にもややきついロケが続いて疲れていたというのもある。久しぶりに気持ちよく長風呂したところに、それらが重なってしまったのだろう。

「さっきからずと、鳴てるよ。ダイジョブ？　電話、デンワ」

揺り起こしてくれたのは、日本語が片言の女だった。どうやら、熟睡してしまったらしい。起こしてくれたのは、ここに来た時はいなかった若い浅黒い肌の女。

ソファにいた韓国人の三人のおばさん達はいなくなり、熟睡していたおばあさんは相変わらず熟睡していて、もっさりした若い女二人もいない。プロっぽい熟女はソファに移っていて、やっぱり煙草を吸っていた。

「あ。ど、どうも」

慌てて壁の時計を見上げれば、なんと十一時を回っているではないか。待ち合わせの時間を、ゆうに一時間は過ぎている。

エミリは来たのか。来ても、私がわからなかったのか。わかっていても、気が変わって帰ってしまったのか。だって寝ていたもん、とかなんとか大崎への言い訳を用意して。

それより電話だ。浅黒い若い女は、すっと洗面所の方に行ってしまった。急いで着信履歴を見れば、すべて大崎だった。

「あ。もしもし大崎さんですか。渡辺です。あのっ」

携帯電話を抱《かか》え込むようにして、電話をかけた。大崎は、すぐに出た。

「あのね、エミリだけど。大変な事態になったんだ」

あまり大変そうではない、むしろのどかな声だった。それでも、緊張した。

「何があったんですか」

「渡辺さんに会いに行く途中、ブルーシップ・プロの社長の一味にばったり、出くわして。いや、待ち伏せされてたんだな」

「また何かされたんですか」

「拉致。誘拐されたんだ」

「………」

「警察にも通報して、大騒ぎだったよ。エミリは連れ込まれた車の中や、監禁された部屋から、必死に僕に携帯メールを送ってきた」

拉致。誘拐。監禁。なのに、携帯でメールを送る余裕があったんですか。

まだ目が覚めきってないからか。なんだか、ひどくバカバカしい話を聞かされている気分になってきていた。

もしも本当なら、大事件だ。なのに、全然切羽詰《せっぱつ》まった気持ちになれない。ああ、もう、嘘でしょう、そんな投げ遣りな気持ちになってしまう。ついでに携帯電話も、投げつけたくなってくる。誰にでもなく、そこらの壁に。

「だから、エミリはそっちに行けなかった」

「それは仕方ないですね」

低く答える私に、大崎はここだけは奇妙なほど追い詰められた真剣な口調で、言った。

「だから当分、渡辺さんには会えないだろう」

＊

それから半月ばかりは、表面的には何事もなかった。テレビのリポーターとして、商店街を歩いたりプチ有名人にインタビューしたりして、過ぎていく。

大江戸テレビで会う大崎はいつもの大崎で、二人きりにはならないからエミリの話も小説の話もしない。まったく、してこない。まるでそんな話は、なかったかのように。こちらからも、あえて聞かないでいる。

叶井とはいつものホテルで逢って、不毛なとも安定しているともいえる関係を続けている。エミリの話とサウナでの顚末《てんまつ》を教えたら、苦笑されただけだった。

「また狂言だろ。土壇場《どたんば》になって、さおりに会うのが怖くなったんだ。宿題忘れた小学生、運動会に出たくない子供みたいだなぁ。おうちに泥棒が入ったのとか、さっき血を吐《は》いちゃったのとか。そんなバレバレの言い訳を信じる大崎さんも、どうかと思うけど」

「あーあ、バカバカしい。大崎さんも大江戸の敏腕ではないにしても、一応は地位もあるんだし。奥さんともうまくいってて、娘さんも三人いるんでしょ。タレントの卵なんていう女と老《お》いらくの恋に狂うには早すぎだわー。しかも、その女もいい歳よ」

叶井を相手に、ちょっと愚痴《ぐち》って終わりにした。小説を書いてドラマ化されるなんてすごいなと計算もしたし、当のエミリにも野次馬的——かなり意地悪なものであっても——興味は惹かれた。だけど、それだけ。

半月も過ぎれば、飽きる。毎夜華やかな合コンやパーティーや仕事がある訳じゃないけれど、私だってそれなりに忙しいしいろんな人に会うのだ。そうそう、一つの事柄や一人の人にこだわってはいられない。

——だから。本当にアッと声を出して驚いて、エッとのけぞったのは、驚きがそれほど強烈だったから、ではない。

「そうきたか!」。虚《きょ》を衝《つ》かれるとはこのことか、いやいや、もしかしたらいいオチなのかもしれないと、あっけにとられつつ恐怖も覚えつつ、笑ってしまったからだ……。

本業の忙しさにかまけて、エッセイもなかなか進まず、ましてや小説なんて書く暇もなかった。第一、題材のエミリがどこかに消えてしまったのだから、頓挫《とんざ》せざるを得なかったのだ。吾妻には悪いが、連絡は怠《おこた》っていた。

「最近ちょっと人気のある、藤木香子《ふじききょうこ》という小説家を知ってますか」

吾妻からそんな電話がかかってきたのは、偶然なのかどうか、あの韓国サウナはなかなかよかったから、また一人でぶらっと行ってみようかなと準備していた時だった。

「藤木香子……ごめんなさい。よくわからないけど。その人がどうかしましたか」

「うちに売り込みに来て。あ、一応は人の紹介ですけど。で、雑談みたいなことしてたんですが。共通の知人の名前がいろいろ出てきて、あれれっと驚いたんです。はい。渡辺さんの名前も出ました」

「なんで。私そんな人、全っ然知らないのに」

「では、ちょっとこれから会えますか。例の喫茶店Qで」

礼儀正しく遠慮がちな吾妻には珍しく、強引な誘いだった。断れない。レモンソーダに託したい、酸《す》っぱい期待と不安とがあった。

——Qに到着して、吾妻の前に座るなり、吾妻がレモンソーダを注文してくれた。レモンソーダが来るまでに、吾妻は鞄《かばん》から書類を綴《と》じたファイルを出していた。

「藤木香子っていうのは、ライターをしていた頃はパッとしなかったんですが。有名なミステリーの賞を取ってから、ちょっと有名になりました。でも、人気の秘訣は、才能と実力よりは売り込みの上手さとフットワークの軽さにあるんですよね」

ファイルの中身が見えないよう、表紙をこちらに向けて開いているが、ちらり、見えてしまった文字がある。渡辺さおり。それから、大崎の名前。私は、運ばれてきたレモンソーダを飲む。色っぽくではなく、苦行のように。

「ライター時代から、テレビ局や芸能プロにも、細々と人脈はあったんですよ。で、何か小説のネタがないかと探していたところに、売れないモデルの女と仲良くなった」

このソーダ、こんなに苦かったか。

「モデルの彼女は、『大江戸テレビのディレクターのおもしろい話』を藤木さんにしたんです。『そのディレクター、頭のおかしい淫乱なリポーターに困っているんだって。近づく男に片っ端から迫ってストーカーになって、今はディレクターにつきまとっている』と」

「……その大江戸テレビのディレクターは大崎という名前で、売れないモデルはエミリというんじゃないの」

ストローから口を離して、心底から面倒くさそうに言ってやった。だんだん話は見えてきた。スケスケになってきた。ものすごく嬉しくない解答がそこにある。

「そうです。なんとまぁ、大崎さんはエミリさんとやらには、渡辺さんの話をおもしろおかしく創作して語ってたんです。僕は藤木香子さんに直接会って聞きました。藤木さんは、エミリからいろいろ聞かされてましたね」

吾妻は確かに、口元を歪める笑い方をした。

「私って、どういう女にされてたの」

「ですから。誰彼かまわず男を誘惑しまくるストーカー。といってアナウンサーだの有名リポーターだのを夢見ているんじゃない、ただもう男を食うためだけにテレビに出て、顔を売っている女」

しかし「大崎好みの女」って、紋切り型だな。妄想にももっとバリエーションつけなきゃ、やはり出世はできそうにないよ。ていうか、大崎は出世したい気はあるのか。狂いきってはいないから、自分が嘘をついている自覚もある。だから辻褄合わせもする。

「すごいなー。そんな設定にされてたの。じゃあ、エミリの実態は」

棒読み、といった口調で答えた。バカバカしい。でも、怖い。これは大崎の遊びなのか。遊びでないなら本当に心の病気で、それこそちょっと気になる女をみんな自分に執着していると設定して、話を作りたいのか。

「本業はキャバ嬢で、モデルは見栄のためだけに登録しているようなもんらしいです。顔は可愛いし人懐《ひとなつ》っこい愛嬌《あいきょう》ある性格で。けど背が低いのと、そもそも本人にそんなにやる気がないから売れないらしい」

藤木香子という小説家は知らないけど、あちこち売り込みに行ってなかなか美男の吾妻に、それこそ公私混同の気持ちを抱いてしまったらしい。

「DJやってる彼氏と同棲している他、お客ともいろいろ付き合ってて。ちなみに本当に二十歳《はたち》くらいの若い子で。あ、例の韓国サウナにもよく行ってるみたいですよ」

「えっ。あそこに行ってるの」

「……これを言うのはちょっと、あれなんですが」

もう、どんな話が出てきても驚きませんよ。わざとらしく、苦笑してみせる。

「韓国サウナで、エミリさんにすっぽかされた夜。実は二人、会ってるんですよ」

「会ってる……？」

薄れかけた記憶を、たどる。あそこでこの女かも、そう疑った女はいただろうか。休憩室、浴場、脱衣所……。

「あ。お風呂の中で、可愛いコに声かけられた。まさかあのコ。……むかつく」

初めてここで、猛烈に腹が立ってきた。あの女の子は顔も体もきれいだった。若作りの気味悪い中年女を期待して恐れていたのにだ。いや。私の期待よりも。

あの女の子の心の内はどうだ。大崎にさんざん、「頭のおかしい淫乱なリポーター」と聞かされて、やはり興味津々《しんしん》だったはずだ。そうしてきっと、

「なぁんだ。ただの女じゃん。たいしたことない、そこいらの女じゃん」

後から大崎の前で、ぺろっと赤い舌の一つも覗《のぞ》かせたはずだ。それを想像すると、おなかの中が熱くなった。なのに、背筋はひんやりした。

「怒らないでください。大崎さんをモデルに書くという意趣《いしゅ》返し、復讐もできますよ」

「じゃあ、藤木香子さんにじゃなく、私に書かせてくれるんですか」

「そうしなきゃ、あなたは許してくれないでしょう！」

突然に、吾妻が大きな声を出した。周りの客が、何人か振り返ったほどに。

「僕の気持ちを知った上で、あなたはずっと僕をもてあそんできた。叶井さんは仕方ないですよ。でも、大崎さんとまで関係を持って、これみよがしに見せ付けて。レモンソーダは誘いですよ。あなたが注文して飲んだ。これは誘いのサインだ。そうしてさっき、もっと強いサインを出してきた。さあ、今日から僕の女だ。行きましょう。僕の部屋へ」

……すべての人の心に、勝手な物語がある。呆然と吾妻を見つめながらも、きっと私の心の内にもあるんだろうなぁと、残りのソーダをすすった。私は、本当に、私なのか。

解説――志麻子マニア

タレント　高見《たかみ》恭子《きょうこ》

まさしく、その感じだった。

そのって、ほら例えば仕事や雑用を終えほっとした瞬間、少しふらっと目眩《めまい》がして、目の奥あたりが何か熱っぽく重い。「もしかして　風邪《かぜ》？　ひいちゃったかな？」っていう感じ。何て言うか、むずがゆい困った感じっていうのか。ちゃんと長袖着てれば良かったのにみたいな軽い後悔がある……。でも微熱で、こころが浮かれるような。
「志麻子様」をテレビで最初に見た時が、まさにその感じだった。
とてもここでは口にできない4文字言葉を連呼する彼女に衝撃を受けたとともに、しかーし、ゆっくりと確実に私は彼女に侵食されていったもの。

目がはなせなくなってた。次に何言うのかなって。身体をくすぐられてるみたいに、くすぐったいほど見ていて楽しい。で、気がついたら逃げ切れないほど虜《とりこ》になっていた。

こんな潔《いさぎよ》い女、そういない。だからあえてはっきり言いたい。

私は「志麻子マニア」です。

以前、憧《あこが》れてた年上の女流小説家がいた。自由に恋をする自立したおしゃれな女性。彼女の描く小説やエッセイには魅力に溢れる著者が想像できた。

でも、お会いできて「あれ何かが違う」と思った。ちょっとがっかり。自立してるとはいえ、どこか男性に媚《こ》びた感を、若輩《じゃくはい》ながら感じてしまった。

何だろ。どこがどうって、はっきりいえないけど。ヒラヒラの黒レースの服がイヤだったのかな？

違う、そんな細かいことじゃなく、彼女からはありありと「女」が匂いすぎたからだ。私に対しての、同性間の値踏みの視線がありありとわかったし。

何て言うのかな。男のためなら同胞の女性も傷つけてもいいってタイプ。あれれ？　何か違うでしょうこれって。

「志麻子様」はいつも自分の恋愛沙汰を、開けっ広げに話す。下半身の話も得々とする。オトコの話ばかりする。うわべしか見れないひとはこう思ってるんでしょうね。「男に依存して、男なしでは生きられないんじゃないの」って。

違うよ！　それ。私は、会った瞬間にわかったもの。もし、同じ男性を好きになっても彼女は嘘つかず、卑怯《ひきょう》なこともしないなって、もしかしたら、

「いいよ、あげるよ」

ぐらい言える。ある意味、男気溢れるオンナな気がする。私の勘はあたるから絶対そう。女々《めめ》しくないんだよ。ちゃんとこっち側に立ってるオンナ。

そこが同じようで大きく違うとこ。


実際、「志麻子様」は、ちょっと居心地わるそうにそわそわした感じで隅《すみ》に座ってた。で何だか。すぐに、これまでの自分みたいなこと話してくれた。

「私なんか、勝手に子供や夫おいて、東京にきちゃった女だからね」

って激しい内容を、他人に起こったことのように話す。けれど、私はすご――く羨《うらや》ましかった。

けっして私にはできないけど。だからできないことをやってのけてくれたという感じで。

あの出家なされた高名な女流作家も。著名なひとと数々恋をし長生きした素敵な女流作

家も、かっこいい作家はみな、恋のため仕事のためか波瀾万丈《はらんばんじょう》な人生をあゆんで、名前を残していく。

そういった意味では、もうすでにその生き方からして、ちゃんとスタートラインに立っている。

「業《ごう》を背負ってる」

でも、それを誰かへの恨みや説教にかえず、自虐《じぎゃく》的に笑いにかえてる。

まぁ、なんと潔いことか。すっきりする。

で、縁あってテレビ収録のため韓国にご一緒した。

現地につくとホテルまでの車中、携帯電話で韓国語で話している。活《い》き活きしてる。

「こっちに愛人がいて、でも他にも気にいってる子もいるわけでさぁ」

何とも楽しそうだ。

いいなぁと、ここでも羨ましく思う私。

けっして私にはできないけど、だけどできないことをやってのけてくれたって感じで。

もう何でもいいから、好きなことどんどんやって!!と思う。

誰がハレンチだとか不道徳だとか言っても気にせずに。そんな凡人の意見なんて気にしない。

だって小説家はヘンなんだから。ヘンだから小説が書けるのだから。私の父だって、すごく変わってた。私は理解できたし大好きだけど。

あぁ。かなり遅くなりましたが。この本は、「嫌な女大集合」な本です。

図々《ずうずう》しい女、美人自意識の強い女、自慢と愚痴《ぐち》を垂れ流す女、自分が可愛くてしょうがない女……。

「あ、こんな女、私の周りにもいたいた！」と手を叩きたくなります。

こんなにも、女性の嫌なところを見つけ描けるのも、「志麻子様」の男気がなせる技。

だからこそ、読んだあとの後味も、嫌な感じで残らない。

そうそう先日も、私と一緒にいた男友達に、何やら熱心に話しかける知人女性。

あとで聞くとこう言われたそうです。

「ねえ、今度ゆっくり相談にのってくださらない。私のほうが魅力あるでしょ？」って。

ホント、女性って恐い。

（本書は平成十七年三月、小社から
四六判で刊行されたものです）

一〇〇字書評

切り取り線

購買動機（新聞、雑誌名を記入するか、あるいは○をつけてください）	
□（　　　　　　　　　　）の広告を見て	
□（　　　　　　　　　　）の書評を見て	
□ 知人のすすめで	□ タイトルに惹かれて
□ カバーがよかったから	□ 内容が面白そうだから
□ 好きな作家だから	□ 好きな分野の本だから

●最近、最も感銘を受けた作品名をお書きください

●あなたのお好きな作家名をお書きください

●その他、ご要望がありましたらお書きください

住所	〒				
氏名		職業		年齢	
Eメール	※携帯には配信できません	新刊情報等のメール配信を希望する・しない			

あなたにお願い

この本の感想を、編集部までお寄せいただけたらありがたく存じます。今後の企画の参考にさせていただきます。Eメールでも結構です。

いただいた「一〇〇字書評」は、新聞・雑誌等に紹介させていただくことがあります。その場合はお礼として特製図書カードを差し上げます。

前ページの原稿用紙に書評をお書きの上、切り取り、左記までお送り下さい。宛先の住所は不要です。

なお、ご記入いただいたお名前、ご住所等は、書評紹介の事前了解、謝礼のお届けのためだけに利用し、そのほかの目的のために利用することはありません。またそのデータを六カ月を超えて保管することもありませんので、ご安心ください。

〒一〇一―八七〇一
祥伝社文庫編集長　加藤　淳
☎〇三（三二六五）二〇八〇
bunko@shodensha.co.jp

祥伝社文庫

上質のエンターテインメントを！　珠玉のエスプリを！

祥伝社文庫は創刊15周年を迎える2000年を機に、ここに新たな宣言をいたします。いつの世にも変わらない価値観、つまり「豊かな心」「深い知恵」「大きな楽しみ」に満ちた作品を厳選し、次代を拓く書下ろし作品を大胆に起用し、読者の皆様の心に響く文庫を目指します。どうぞご意見、ご希望を編集部までお寄せくださるよう、お願いいたします。

2000年１月１日　　祥伝社文庫編集部

嫌《いや》な女《おんな》を語《かた》る素敵《すてき》な言葉《ことば》　恋愛ホラー

平成19年７月30日　初版第１刷発行

著者　岩《いわ》井《い》志《し》麻《ま》子《こ》
発行者　深澤健一
発行所　祥《しょう》伝《でん》社《しゃ》
東京都千代田区神田神保町3-6-5
九段尚学ビル　〒101-8701
☎03（3265）2081（販売部）
☎03（3265）2080（編集部）
☎03（3265）3622（業務部）
印刷所　萩原印刷
製本所　関川製本

ISBN978-4-396-33370-6　C0193

祥伝社のホームページ・http://www.shodensha.co.jp/

祥伝社文庫

新津きよみ　**捜《さが》さないで**

家出した主婦倫子《みちこ》の前に見知らぬ男が現われた。それが倫子を犯罪に引き込む序曲だった…。

新津きよみ　**見つめないで**

突然ダンサー再挑戦を宣言した専業主婦秀子が失踪後、何者かに殺された。遺された手鏡との関わりは？

新津きよみ　**さわらないで**

夫の浮気が原因で結婚生活に終止符を打った恵子。夫の母が一緒に暮らそうと押しかけてきた…。

新津きよみ　**なくさないで**

送り主不明の封筒に真珠のイヤリング。呼び覚まされる遠い記憶。平凡な主婦を突如襲った悪意の正体は？

新津きよみ　**決めかねて**

結婚する、しない。産む、産まない。別れる、別れない…。悩みを抱える働く女性3人。いま、決断のとき。

新津きよみ　**かけら**

なぜ、充たされないの？　恋愛、仕事、家庭――心に隙間を抱える女たちが、一歩踏み出したとき…。

祥伝社文庫

乃南アサ
今夜もベルが鳴る
落ち着いた物腰と静かな喋り方に惹《ひ》かれた男から毎夜の電話…が、女の心に、ある恐ろしい疑惑が芽生えた。

乃南アサ
微笑《ほほえ》みがえし
幸せな新婚生活を送っていた元タレントの阿季子。が、テレビ復帰が決まったとたん不気味な嫌がらせが…。

乃南アサ
幸せになりたい
「結婚しても愛してくれる?」その言葉にくるまれた「毒」があなたを苦しめる!男女の愛憎を描く傑作心理サスペンス。

乃南アサ
来なけりゃいいのに
OL、保母、美容師…働く女たちには危険がいっぱい。日常に潜《ひそ》むサイコ・サスペンスの傑作!

菅 浩江
鬼女の都
「鬼」という言葉を残して死んだ作家。幻想と論理という対極の方法論を融合した本格推理の傑作!

岩井志麻子
島村 洋子ほか
勿忘草《わすれなぐさ》
「恋は人を狂気させる」――愛の深淵にある闇を、八人の女性作家が描く恋愛ホラー・アンソロジー集